# 君と見つけたあの日のif

いぬじゅん

PHP
文芸文庫

○本表紙デザイン＋ロゴ＝川上成夫

第一幕
オーディション
011

第二幕
舞台の幕があがるとき
081

第三幕
暮れゆく町に光るもの
117

第四幕
脇役たちのエチュード
161

第五幕
決意の朝
207

第六幕
君のために雪が降る
245


The IF of that day when I found with you

INUJUN

「私は演劇を愛する。それは人生よりはるかに現実的だからだ」

——オスカー・ワイルド

# プロローグ

舞台の袖は、光と闇をつなぐ梯子みたい。

ここに立つと、いつも体が震えてしまう。

普段なら絶対に着ないピンク色のスカートの裾が、波のように揺らめいている。

無意識に、分厚いカーテンを握りしめていたみたい。力を抜くと、指先がジンとしびれていた。

舞台横にあるこの場所は下袖と言い、観客から見えないよう照明もない。まるでこのまま闇に呑みこまれてしまいそうな不安が支配している。

白い光が降り注ぐ舞台では、年上の劇団員が私の両親の役を演じている。

「今日はいい天気よ。みんなでどこかへ行かない？」

「それは最高のアイデアだね。車にたくさん荷物を積んでピクニックに出かけよう」

さっきまで楽屋でピリピリしていたふたりなのに、今は本物の夫婦のように自然な空気感を生んでいる。

窓を開ける動作に合わせ、舞台上の照明が強まった。

「ああ、まぶしいわ。もう夏なのね」

母親役が手のひらを顔にあて目を細めた。同じ仕草(しぐさ)をして、父親役もうなずいている。

劇場内には届くはずのない太陽の光がふたりには見えている。

私には、まだ見えない。

稽古(けいこ)で何度も見たはずの照明が、まるで私を攻撃しているみたい。

ここから観客の顔は見えないけれど、誰もが夢中になっているのが空気で伝わってくる。ジンジンと、ビリビリと。

「おい、あの子はまだ寝てるのかい?」

「さっき起きたはずだけど、また寝ちゃったのかしら」

物心がついたときから舞台に立っているのに、出番直前は体中の温度が消えたように感じてしまう。

そばにある舞台は果てしなく遠く、不安という空気が私を包みこんでいる。


……しっかりしなくちゃ。


自分に言い聞かせ、最初のセリフを口のなかでつぶやく。

大丈夫、私はあの役になりきれるはず。

出番まであと三秒、二秒、一秒——。


いよいよ、私を母親役、いや、母親が呼ぶ。

「ねぇ、起きてるの？　こっちにいらっしゃい」

すう、と息を吸う。

「なあに、ママ」

そう言って歩き出せば、不思議と緊張感は消えていた。
舞台の中央に立つと、まぶしい夏の光に包まれる。
そして、私は女優になる。

# 第一幕

# オーディション

The IF of that day when I found with you

冬の午後はスピードをあげて傾いていく。

くたびれたノートをカバンにしまいながら窓の外に目をやると、薄色の空には、ガーゼみたいな雲がちぎれて流れていた。

十二月になり、やっとこの高校の冬服にも慣れてきた気がする。

下校のチャイムが鳴れば、教室の空気がわさわさと動き出す。部活に行く人、家に帰る人、友達と遊びに行く人。みんなそれぞれの目的に向かって流れていく。

「結菜(ゆうな)、結菜」

前の席の椎名(しいな)さんがふり返った。椎名さんはぽっちゃり体型の明るい女子。前髪が眉の上でぱつんと揃(そろ)っていて、耳が隠れるくらいのボブカット。

「あのさ、あのさ」

椎名さんは同じ言葉を繰り返す癖(くせ)がある。高校に入ってから知り合ったけれど、誰とでも気さくに話す彼女はクラスの人気者だ。愛くるしいフォルム、よく笑うのでクラスの『マスコットキャラクター』みたいな感じ。

一方、私のポジションは『その他大勢』のひとり。自分から話しかけるなんてこと、よほどの用事がなければしない。肩まで伸ばした髪、身長は平均値というところ。

このクラスがひとつの舞台だとしたら、脇役にもなれないくらいの目立たない存在だろう。その役を演じることを決めたのは自分自身。

思考は、椎名さんがぐいと顔を近づけてきたことで中断された。ぷっくりした頬(ほお)につぶらな瞳がかわいらしい。

「結菜ってスキーやる？」

そう尋(たず)ねる椎名さんに黙って首をかしげてみせた。

なんだか嫌な予感がするんだけど……。

「やったことはあるけれど……最近はしてない」

無難に答えたつもりだったが、椎名さんは椅子(いす)ごとこちらに体を向けた。ギギギ、と重低音で椅子が鳴く。

「あたしもなんだ。スキーもスノボも小さいころにやったきりでさー」

どうやら本格的に話をするらしい。嫌な予感はだんだん輪郭(りんかく)を濃くしてくる。

「でねでね、麻耶(まや)とかくるみちゃんが、冬休みにスキー旅行しようって。よかったら一緒に行かない？」

ニカッと笑う椎名さん、頬のお肉も同時にもりっと持ちあがった。

「長野でスキーだよ、スキー。しかも格安、食べ放題つき！」

椎名さんはすっかり行く気満々らしいけれど……そもそも私が誘われる意味がわからない。

気持ちが伝わったのか、椎名さんは「あのね、あのね」と言った。

「高校に入学してからもうすぐ一年でしょ。春にはクラス替えもあるし、それまでに女子の親睦を深めようって企画なの。安いバスツアーがあるんだって。もちろん男子は誘わないから」

すっかり乗り気の椎名さんに「ごめん」と口にする。

「冬休みはずっと練習なんだ」

「練習？　練習って……あ、劇団の？」

「うん。ほんと、ごめん」

椎名さんは口のなかで「そっか、そっか」と言ったかと思うと、揃った前髪をいじりながらさらに顔を近づけてきた。

「小さいころから劇団に入っているんだよね。すごいよね、劇団員なんて。名前はなんだっけ、浜松市劇団？」

「『劇団はままつ』ってところ。といっても市は非公認なんだけどね」

幼稚園の年少組のときに入団した小さな劇団。もちろんそのころの記憶はほとんど残っていないし、入団するにあたって私の意思はなかったと思う。

いつしか劇団員であることが日常となっていた。

「ちょっとくらい休めないの？　せっかくの旅行だしさ。こんな機会めったにないと思うんだよね。クラスの女子も半分くらい参加する予定だし」

食い下がる椎名さんに、私は謝ることしかできない。

「本当にごめん。春の公演は一年で一番力が入ってるから、冬休みは毎日練習なんだ」

「そっか、そっか。あたし、結菜と旅行したかったけどな」

ぶすっと唇(くちびる)を尖(とが)らせる椎名さん。たまに話しかけてくれる彼女と、素直に仲良くなればいいのに、あいまいに避けてばかりだ。

椎名さんとだけじゃない。昔から学校での人間関係を避け続けている。高校生になってからもそれは同じで、話しかけられれば笑顔で答える程度。

椎名さんがやさしくしてくれるぶん、罪悪感が強くなるんだよね……。

「本当にごめんね」

謝罪を重ねると、椎名さんの目がすっと冷めるのを見た気がした。

「わかった、わかった。でも、もう少しだけ考えてみて」

椎名さんはカバンを手にほかの女子のグループに話しかけに行く。私が不参加であることを伝えるのだろう。何人かの女子と目が合って、どちらからともなく逸(そ)らす。

クラスで劇団の話はなるべくしたくない。少しでも触れてしまうと、こういう空気になってしまうから。

ため息をついて席から立ちあがったときだった。

「杉崎さん」

教室の前の引き戸から顔を出したクラスメイトの波多野さんが手招きをしている。彼女とは挨拶を交わすくらいの関係だ。名前は、たしか風花。たぶん、だけど。

見ると、波多野さんの隣に女子がふたり立っている。どちらも知らない人だった。

近づくと波多野さんが「バスケ部の先輩」と短く紹介してくれた。

ふたりは私を見るなり、

「うわ！　本物じゃん！」「マジで？」

勝手に騒ぎ出す。また嫌な予感が生まれるのを感じながらも、ペコリと頭を下げた。

「あのね、杉崎さんのこと話したら、先輩が会いたいって言うから――」

「『古屋の豆おかき』だよね？」

波多野さんの言葉を遮って、先輩のひとりがずいと前に出た。

古屋の豆おかきは私が小学一年生のときに出演したＣＭだ。世間で話題になり、二年近くも同じCMを放送していたらしい。

今でも動画サイトにはいくつも落ちていて、私の忘れたい記憶を揺さぶってくる。

「面影あるねー。あのCMに出ていたころってテレビによく出てたじゃんね。ほら、MHKの子供番組あったでしょ？　私、結構見てたんだよ」

「あたしはドラマ見てた。なんだっけ、あの死んじゃった俳優さんが主演してたやつだよ」

「なにそれ、覚えてない。あ、シャンプーのCMも出てたよね⁉」

キャーキャー騒ぐふたりの横で波多野さんがチラッと私を見た。申し訳なさそうな表情をしているということは、私がこの手の話が苦手なことを知っているってこと。

声には出さず、大丈夫、と軽くほほ笑むと、波多野さんはホッとしたように表情を緩めた。

「でもさ」

左側の女子が私を見た。

「最近はテレビじゃ見かけなくなったね。やっぱり子役って短命なの？」

「そんなこと言ったらかわいそうじゃん。またチャンスはあるもんね？」

右側の女子がフォローになってないフォローをした。それは
人との関係は、きっかけひとつで簡単に変わってしまう。それは何気ない言葉な何気ない言葉なんかで、あっさりと、急に、秒で色を変える。

体の温度がふいに消える感覚を、これまで何度も味わってきた。私の変化に気づかない左側の女子がまた口を開く。

「それでも芸能人には変わりないしさ。私、芸能界に興味があるんだよね。だからいろいろ教えてほしくってさ――」

話の途中で右手を広げて静止した。顔には笑みを、声はやわらかさを意識する。

「ごめんなさい。これから劇団の練習があるんですよ」

ずっと黙っていた波多野さんが「ほえ？」と素っ頓狂な声を出した。

「杉崎さんって劇団に入っているんだ？」

「もうずっと所属しているよ。テレビの仕事も劇団にオーディションの話がきたから受けただけ。だから、芸能人とかじゃないの」

「あれだけ出てたのに？　浜松じゃ有名人のくせに」

左の女子がなぜか挑むように言うので、首を横に振る。

「テレビは苦手なんです。だから、もう出ることはないと思います」

「ふうん」

「失礼します」

お辞儀をしてから横をすり抜ける私に、

「なあんだ」「つまんね」

これみよがしに声が届く。振り返らずに階段をおり、昇降口で靴を履き替えた。

何人かの生徒が私を見てなにかささやいているような気がした。

振り切るように校門を出る。劇団の練習があるというのは嘘だった。

今、稽古場に行っても社長の日向さんがいるだけだろう。一度うしろを振り返ってから自宅のある方へ歩きだす。

そう、私は芸能人なんかじゃない。一時期オーディションを受け、数年間テレビに出ていただけの劇団員なんだから……。

教室での会話は、最後はちょっと強引だったけれど脇役としては合格点だろう。

きっと私はもうスキーには誘われないし、波多野さんの先輩もこれ以上話しかけてはこないはず。

なのに、気づけば早足になっている。まるでなにかから逃げるように、追いつかれないように。

冬の夕暮れの風はあまりにも冷たくて、悲しかった。

物心がついたときには、もう私は劇団はままつの一員だった。さらにCMが話題になったことで、テレビにも出るようになっていた。

CM撮影のことは記憶にないし、ドラマやバラエティ番組に出たことも静止画のような残像がある程度。すべてはおぼろげで、自分のことじゃないみたい。

たくさんの大人が『結菜ちゃん』と私の名を丸い声で呼び、カットの声とともにほめたたえてくれた。町を歩けば道行く人が振り返り、握手や写真撮影を求められることも多かった子役時代。

自分でも嫌になるのが、あのころの私はたしかに、劇団に顔を出すよりもテレビ局へ行くほうが楽しみになっていたということ。ちやほやされることがうれしかったのだと思う。

私が演じることで、大人たちが満足そうに笑っていた。バラエティ番組でも求められている役割がちゃんと理解できていたと思う。

生活の中心は学校から芸能界へと変わり、劇団に顔を出すことも少なくなるほどだった。賞賛の声を求め、眠い目をこすりながら東京に通い続けた日々。

小学校の高学年になるころには静岡から東京へ引っ越す話も出るようになっていたけれど、そのころから私のなかで漠然とした将来の夢が生まれていた。

『テレビをやめて舞台だけでやっていきたい』

一度お母さんにそう伝えたときのことは今でも夢に見るほど鮮明に覚えている。お母さんは驚いた顔をしたあと、烈火のごとく怒ったのだ。人間って、あんなに顔を赤くして怒るものなんだ、と知った。私の発言は一〇〇パーセント否定され、お母さんは芸能界で生きていくことを勝手に宣言し、私に約束させた。

それ以来、お母さんに本当の気持ちを言えなくなっている。

中学にあがる前あたりから私へのオファーはどんどん少なくなり、今ではただの劇団員。それも決して有名ではない地方の劇団だ。でも、それでいいと思っている。

「私は舞台女優なんだから」

自分に言い聞かせても、言葉は白い息になって宙に溶けていく。

いくら舞台女優になることが夢だと語っても、世間の人にとっての私は『元子役』で、『昔はテレビに出ていた人』なのは変わらない。お母さんは今でも芸能界に戻ってほしいみたい。

テレビが舞台よりも優れているなんて、誰が決めたんだろう。

小学生のころは撮影だらけで友達なんてできなかった。中学生以降も、仲良くなれば芸能界の話になるし、舞台のことなんて誰も興味を持ってくれなかった。

私立の高校を選んだというのに、結局今も同じ。『昔は活躍していた杉崎結菜』からの脱却がはかれずにいる。

学校で自分から話しかけないのは、正しい選択だと思っている。だいたい浜松市が田舎すぎるんだよ。ちょっと歩けばおばさんたちが特異な目で見てくるんだから。

舞台特有の熱気は、観たことのある人にしか絶対にわからない。生の演技やぶつかり合う役者たちが、大きなうねりとなってひとつの作品を作るのだ。

同じ演目でも、毎回いろんな完成形を見せてくれる舞台が、私は好きだった。

小さな劇団でも、あの場所だけが本当の私でいられる場所。脇役でも、舞台の裏方でも、自分が生きていることを実感できていた。

それなのに、どうしてこんなに心がざわざわするのだろう。

ようやく家が見えてくるとホッとするとともに、別の憂鬱が胸に広がる。高校一年生というのは悩みが尽きない年ごろなのかも。

郵便受けに入っていた手紙を取ってから玄関のドアを開けると、お母さんがひょいと顔を覗かせた。今日も完璧にメイクをしていて、頬のチークが赤く主張している。

「お帰り。遅かったじゃない」

「ただいま」

キッチンのシンクに水筒を置き、洗面所で手を洗う。冷たい水に気分がシャキッとする。

食卓にはふたり分の夕食が置かれてある。

「結菜、ちゃんと日焼け止め塗ってる？」

「あ、うん」

「この時期こそ気をつけないとね」

テーブルにつくなり、向かい側に座ったお母さんが「それでね」と顔を近づけた。どの会話からの『それでね』かわからないまま、淹れてくれたお茶を飲めば冷えたお腹がほわっと温まる。

「今日スーパーで豆おかきを見たの。まだ売れているらしくて、たくさん並んでたわ。結菜がCMに出たおかげよね」

またその話か、とうんざりしながらも小さくうなずく。

「私が出ていたのはずいぶん前のことだよ」

今やそのCMは、何代目かの美少女が出演している。私のときとは違い洗練された内容で、豆おかきをおしゃれなお菓子として紹介している。

「なに言ってるのよ。そもそも結菜が出たからヒットしたようなものでしょ。撮影のときの結菜は天使みたいで本当にかわいかったのよ」

いつものように思い出話をし出す。いや、お母さんにとってはまだ現在進行形の話なのだろう。

「結菜は豆が大嫌いだったのに『おいしい』ってニコニコと食べていたのよ。お母さん、感心しちゃった」

「そうだっけ?」

「リハーサルから数えると相当な数を食べていたんだけど、誰もが『結菜ちゃんはほんとに豆菓子が好きなのね』って言ってたの。そのときにあんたは将来、名女優になるってお母さん確信したのよ」

はりぼての家のセット、母親役の女優のいいにおい、父親役の俳優の横柄(おうへい)な態度。なんとか思い出してもその程度だし、それすらも本当の記憶かどうか怪しいレベル。

肉じゃがのじゃがいもを箸(はし)で割り、そっとため息を逃がす。

けれどお母さんは毎日のルーティンのごとく、ドラマの話をし出している。そして最後にこう言うのだ。

「またテレビに出られるようにがんばらないとね」

本気で言ってるのだろう、まっすぐにこっちを見てくる。

――だから、テレビには興味がないんだって。そう言えたならどれだけラクになるだろう。でも、言ってしまったあとの展開は手に取るようにわかる。もう怒らせたくない。お母さんのあんな顔、見たくないんだよ。

「そうだね」

笑みまで浮かべる私に、ようやくお母さんも笑ってくれた。まるで台詞（せりふ）を読んでいるような感覚が、学校でも家でも続いている。

「やっぱり知名度をあげるにはテレビよね」

ドラマだとカットの連続で、そのたびに演技が中断する。舞台なら芝居が終わるまではずっと役を演じ続けられるし、公演が長ければ何度も同じ役ができる。

心の声に耳を塞（ふさ）ぎ、

「うん。でも舞台も楽しいよ」

精いっぱいの反抗を試みた。

「それでもテレビのほうがいいのよ」

短い返答でも、お母さんのイライラが表情や声に滲（にじ）み出ている。

どうしてそこまでテレビに出したいのかわからない。お母さんの持論は何度聞いても外国の言葉のように理解できないまま。太らないように、ってご飯の量も少ないし、成長期には厳（きび）しすぎる。

そんなことを言えるはずもなく、「そうだ」と思い出したかのように明るい声を意識する。

「『家族の風景』って覚えてる？」

話題を変えた私に、お母さんは口をへの字に結んだままひとつうなずいた。

「あなたが主演の舞台だものね。中学一年のときだっけ？」

劇団はままつの春公演で、主役に抜擢(ばってき)された演目が『家族の風景』だ。未(いま)だにどの台詞も頭に入っているし、あの記憶が今の私を支えている。

長い劇団員生活のなか、たった一度だけ主役に抜擢された舞台だったから。

「主演っていっても、たった三日間上演しただけだからね。ドラマなら最低でも三カ月はテレビに出られるのよ」

呆(あき)れたように言うお母さんに、私の気持ちは伝わらない。

「うん、そうだね」

肉じゃがの味がしない。無味無臭の空気のなかにいるみたいな日々は、きっとこれからも続いていくのだろうな。

「それよりオーディションって本当にないの？　ほんとあの社長、口だけはうまいんだから」

湯飲みのお茶をビールを飲むかのごとくあおると、お母さんはパーマがかかった髪を指で整える。イライラしたときの癖だ。自分でも気づいたのだろう、鼻でため息をついて箸を手にした。

「そういえば、もうすぐ春公演のキャストが発表になるんじゃない？」

「明日の夜だよ」

話題が変わったことにホッとして答える。

「今回は『オペラ座の怪人』でしょう？　なかなか豪華な演目よね。そんな予算あるのかしら？」

現実的なお母さんに、「さあ」と首をかしげてみせた。

「春の公演は市からの補助金も出るし、お客さんも多いから大丈夫なんじゃない？」

「結菜は昔から『オペラ座の怪人』が好きだったでしょう？　クリスチャンの役に選ばれるかもよ」

「クリスティーヌね」

「どっちでもいいけど、少しは目立つ役にしてもらわないと。去年なんて、主人公の妹の友達役だったでしょう。あれは未だに納得できないわ」

いつしか劇団の『自称顧問』になっているお母さん。去年は劇団長である日向さんに散々文句を言ってたっけ……。

私が主役のオーディションを受けていないことを知ったら、お母さんは発狂してしまうかもしれない。もう何年もずっと、脇役のオーディションばかり受けていることを言えないまま今日まできた。

「脇役だったけど、物語のキーになる大切な役だったよね？」

「バカ言わないで」。ぴしゃりと跳ねのけたお母さんがまたため息をこぼした。

「劇団はままつみたいな小さな舞台で満足してほしくないの。あなたはもっと大きな舞台を目指すべきなんだから。やっぱりテレビ業界よ」

もしゃっと肉じゃがをほおばるお母さんには、私の気持ちなんてわからないだろうな。

そもそもテレビが絶対だった時代はもう過去の話。今は動画配信やライブ配信だって人気なのだから。劇団はままつも、最近は動画チャンネルを立ち上げている。が、登録者が増えないと運営の人たちは嘆いている。もちろん、私は出演を断固拒否している。

これ以上、学校で目立ちたくないし。

「明日にでもオーディションがないか社長に聞いてみるわね」

――やめてよ。本当に、マジで、絶対に、金輪際、しないで。

言葉を呑みこんで視線を落とすと、もう肉じゃがから湯気は消えていた。

玄関の鍵を開ける音がした。

お母さんの顔を確認すると、あからさまに嫌な顔をしている。

「ただいま」

くたびれたスーツ姿のお父さんが顔を見せた。

「お帰りなさい」

隣の椅子に置いていたカバンと手紙を床に移すと、お父さんは顔をほころばせた。

「おお、結菜。今日は劇団じゃない日か」

「うん。もう、何回言っても覚えないんだから」

「そうだったな。いやー、疲れた」

ネクタイを緩めながら隣に座るお父さんに、

「なんで？」

お母さんが短く尋ねた。さっきよりも二トーンくらい低い声だ。

「なんで娘の予定も把握（はあく）できないのよ。結菜の劇団は水曜日と金曜日と土日でしょう？　だいたいあなたはいつも興味を持たなさすぎなのよ」

「いや、曜日感覚がずれてたみたいでさ……」

「いつもそう。家のことは我関せずだものね」

　プイとキッチンへ向かおうと立ち上がったお母さんに、お父さんは首を横に振った。

「そういうつもりはない。お父さんだって結菜のこと、いつも心配してるからな」

　私に向かって言い訳をしてくるお父さん。こっちに飛び火しそうだからやめてほしいんですけど。

「あのね」、カチャンと持っていた食器をテーブルに置いたお母さんが鋭い目をしている。

「私と結菜はテレビ界に戻るために必死なの。少しは協力してくれてもいいと思うんだけど」

　臨戦態勢、とはこういう状況を言うのだろう。ヒリヒリした空気が漂っているけれど、お母さんの理屈には賛成しかねる。テレビ界に戻るなんて私、一度も目標にしていないし。

　けれど、この雰囲気のなか、口を挟めるわけもなく、肉じゃがに視線をぽつりと落とした。

　メガネをテーブルに置いたお父さんが目をゴシゴシこすった。

「協力しないなんて言ってないだろう。疲れてるんだよ」

「私たちだって疲れています！」

怒りがピークに達するとお母さんは敬語でしゃべりだす。それが家族の関係を表しているみたいでいたたまれなくなる。

「明日から期末テストなんだ。勉強するね」

カバンを手にそそくさと立つけれど、ふたりともなにも言ってくれなかった。二階への階段をあがるころには言い争う声が聞こえ出す。これもいつものこと。

部屋に入りジャージに着替えるとベッドに身を投げた。

いつから、うちはこんな雰囲気になったのだろう。

昔は仲の良い家族だと思っていた。そう、あの『家族の風景』の舞台のように。

ひょっとしたら私がそう思いこんでいただけなのかも。

なんにしても、学校にも家にも居場所がない感覚がこの数年続いている。迷子になった子猫が近寄る人に牙をむいているかのようなイメージ。

いや、もう子猫って歳じゃないな……。

学校でも家でも、本当の自分になれずにいる。まるで、ずっと演技をしているみたい。じゃあ、本当の私はどんな性格なのだろう。何度も繰り返す問いに答えはない。こういう気分のとき、頭に浮かぶのは劇団はままつの稽古場だ。

私の居場所はあの劇団しかない。主役をやる勇気はもうなくても、いつまでも劇団はままつにいたい。そう思うことで、お母さんのイライラが募り、お父さんのくち数が減っているのなら、ふたりの仲が悪いのは私のせいかもしれない。

まあ、私の希望か否かにかかわらず、そもそもテレビのオファーはまったく来ていないんだけど。

そういえば、なぜ私はテレビに呼ばれなくなったのだろう。いつも笑顔と挨拶を意識してやってきたはずなのにな……。

「あ……」

カバンの横にある白い封筒が目に入り、上半身を起こした。

ポストに入っていた手紙だ。右手をうーんと伸ばして手に取ると、『杉崎結菜様』と、宛名の欄に書いてある。筆ペンで書かれた文字は美しく、印刷では出せない温かさを感じた。

裏を返すと差出人の欄に『依頼人』と書いてある。

「依頼人……?」

ベッドの端に足をおろしてもう一度表面を見る。

なんだろう、これ……。封を開けると、白い便せんに文字が並んでいる。宛名とは違い、こちらは印刷された文字らしい。

規則正しく並んだ文字を目で追う。

杉崎結菜様

寒冷の候、杉崎様におかれましてはご壮健のことと存じます。

突然のお手紙のご送付、お許しください。

このたびは、依頼を受諾いただきありがとうございます。

難しい依頼だということは重々承知しておりますが、杉崎様以外に務められる女優はいないと思っております。

どうか最後まで、よろしくお願いいたします。

守秘義務がございますので、この手紙についてはお読みになったのちに細かく破り破棄してください。

くれぐれも他言無用でお願いします。

霜寒のみぎり、どうぞご自愛ください。

お目にかかれることを楽しみにしております。

依頼人

「なんだろう、この手紙……」

書いてある意味がまったくわからない。もう一度読み直してみるけれど、やはり意味がわからず途中であきらめた。

依頼ってなんのことなの?

改めて見ると、封筒の表面にここの住所は書かれていなかった。ということは、直接、家のポストに投函したってことだ。

「……いたずら?」

そう考えるのが普通なんだろうけれど、文章のなかにあるひとつの単語から目が離せない。

『女優』、何度見てもそう書いてある。

お母さんに聞いてみようかと思ったけれど、ケンカの最中に割って入るのは自爆しに行くようなものだし、手紙にも他言無用と書いてある。

どうしようか、と迷っているとドアが気弱にノックされた。お父さんだとすぐにわかる。お母さんならもっと強くノックするし、返事を待たずにドアを開けるから。

「どうぞ」と答えながら手紙を掛布団のなかに隠した。

絶対に部屋に入らないというルールを定めているらしく、お父さんは顔だけぬっと入れてきた。

「さっきは、その……悪かったな」

ケンカのあと、謝りにくるのもお父さんの仕事。

「別にいいよ。もう慣れてるし」

「そう言うなよ。余計責められている気分になる」

情けない顔で笑うお父さんに肩をすくめてみせた。大げさなリアクションをしてしまうのも、舞台に出続けているせいだろう。

「仲直りできたの？　ちゃんと謝らないと明日の朝まで不機嫌なまんまだよ」

「大丈夫だと……思う。とにかくごめんな」

「わかった」

ドアが閉められると、罪悪感のようなものがふわりとお腹に生まれる。

ふたりが言い争う機会は日ごとに増えているし、いつか大爆発を起こしそうな予感もある。最後に家族三人で大笑いしたのはいつのことだろう？　遠い記憶を呼び覚まそうとしても、ゆらゆら揺れる陽炎みたいに輪郭がつかめない。

時限爆弾のカウントの数がどんどん減っていくような毎日は、ひどく息が苦しい。

ベッドにもう一度横になり、まぶしい天井のLEDに目を細めた。

「ぜんぶ、私のせいなのかな……」

そうしてまた『家族の風景』の舞台を思い出す。あのなかにこそ、私の幸せがあったような気がする。

もう色あせて、いくら手を伸ばしても届かない幻。

昨日よりも少し前よりも、うまく息ができない今が、悲しい。

中区のはずれにあるプレハブの二階建ての建物が劇団はままつの本拠地。

広さこそあるけれど、夏は暑くて冬は寒い。この町では大きな劇団に分類されるけれど、劇団員の仕事だけで生活できているのは、社長であり劇団長でもある日向さんくらいだろう。

ほかのメンバーはほとんどが兼業で、メインの役者にしても会社員や主婦、学生などで構成されている。脚本家や音響担当も兼業らしいから、ひとつの作品が完成するまでには、果てしなく時間がかかるのだ。

もちろん大道具や小道具、セットまで劇団員が手作りで製作する。設置も解体もみんなで協力しておこなうため、本番前に疲労困憊することもしばしば。それでもひとつの舞台を全員で作りあげる工程が好きだったし、公演が終わり解体するときにはさみしくもなった。

劇団は、メンバーの会費によって運営されているが、公演のたびに出演者は役割に応じて出演料がもらえる。といっても、最近は出費のほうがうんと多いそうだ。

裏口の薄いドアを開けると、劇団員の靴が満員電車のようにぎゅうぎゅうに詰めこまれている靴箱がある。その向こうにはフローリングの大きな稽古場、右奥にはトイレ、さらに奥に進めば大道具が所狭しと置かれた倉庫がある。

稽古場の隣には控室やロッカー、メイク部屋があるけれど、どれも境界線があいまいな感じ。メイク部屋の奥には事務所兼会議室がある。

二階は日向さんの自宅になっていて、劇団員は立ち入ってはいけない規則になっている。

普段は公民館やホールで公演をおこなっているけれど、小さな規模の劇はこの稽古場で上演することもある。

といっても、三十人も観客が入れば満員になるくらいのスペースしかないけれど。

「おはようございます」

夜なのに朝の挨拶をするのがこの業界でのスタンダード。幼いころから染みついている私には当たり前だけれど、新しく入団した人たちは戸惑うみたい。

それにしても今日はすごい数の劇団員が集まっている。駐車場も靴箱もいつも以上に詰まっていたし、稽古場や控室も顔なじみだらけだ。

小さな劇団とはいえ、登録者は五十人を超えていると聞く。うち、二十人くらいの人は、ほかの劇団と掛け持ちしているそうだ。

今日は、演者とよばれる役者だけでなく裏方を担当するスタッフも勢ぞろいって感じ。それもそのはず、このあと先日おこなわれたオーディションの結果が発表されるから。

挨拶を交わしながら奥へ進む。仕事帰りのスーツ姿の男女、私と同じ制服姿の学生もちらほら見かける。

「結菜」

声に振り向くと、鏡張りの壁にもたれた坂東拓也(ばんどうたくや)が右手を挙げた。背が高いのですぐに見つけられる。

人をすり抜けなんとか隣に行く。

「すごい人だな。最近で一番多いんじゃね？」

学ランの上着を肩にかけている拓也にうなずく。

「春の公演は目玉だからね」

「なんたって今回は『オペラ座の怪人』だしな。結菜はクリスティーヌ役のオーデイションは受けなかったんだっけ？」

クリスティーヌはこの劇における主役だ。私が主役を受けるはずがないことを知っているくせに、拓也は毎回確認してくる。

彼もまた、幼稚園からこの劇団に所属しているベテラン。住んでいる町も学校も違うのに、同い年とあって仲良くしている劇団員のひとり。

長身に細身の体は、どこかバレエダンサーをイメージさせる。最近は筋肉もついてきて捲りあげたシャツの裾から見える腕が太くなってきた。

やわらかな黒髪と舞台映えする大きめの瞳は、犬のようにかわいかったり、時にはヒョウのように鋭くも見せる。どんな役でも拓也がやるとパズルのピースみたいにぴったり当てはまるから不思議。

……また身長が伸びたみたい。

あ、ダメだ。ぼんやりしていたことに気づき、視線を拓也から周りのみんなに向けた。

幼いころからの仲なのに、最近意識してしまうのはなぜだろう。まるで磁石に吸い寄せられるように、気がつけば目で追ってしまう自分が嫌い。

そんなことより今はオーディションの結果のことだけを考えなくちゃ。

「クリスティーヌは受けなかったけど、カルロッタもメグも、マダムジリーの役まで、ほかの役は受けられるものは全部受けたよ」

「すげーな。マダムジリーなんて、えらく年上の設定だろうに」

面白がっていることとは、声だけでわかる。

「まあ」と拓也が続ける。

「結菜は昔から『オペラ座の怪人』が好きだからな」

それを知っている劇団員は拓也くらいなもんだよ。心でつぶやいてから私は背筋を伸ばした。

「どんな役でもいいから絶対にもらってみせるよ」

「『オペラ座の怪人』はミュージカルだけど大丈夫？　結菜は音痴だしな」

「音痴じゃないもん。ちょっと人より音程を取るのに時間がかかるだけ。拓也こそちゃんと歌えるの？」

「うるせー」

私たちはいつもこうやってからかい合う。学校では決してできない温かみのある会話ができるのは、私たちが同じ夢を追っているからだろう。

「俺は結菜が主役を張るところ、もう一回見たいけどな」

横顔の拓也はまだ笑っていても、声のトーンだけ下げている。きっと、心配してくれているんだな……。

「その話は前もしたでしょ。『家族の風景』で主役に選ばれただけでじゅうぶん満足してるんだよ」

「あの公演は大成功だったろ？　なんで脇役ばかり選ぶんだよ。なんなら、今からでも次の公演では主役を狙うって決めたらどう？」

「そんなことするわけないでしょ。それに今は、脇役を演じたい年頃なの」

肩をすくめる私に拓也は不満そうに鼻をならした。

「なんだよそれ」

理由を話したくないのを悟ったのだろう、拓也の声のトーンが明るくなりホッとする。お互いにちょっとの変化でもわかっちゃうくらい、私たちはいつも一緒だったから。

「でもさ、ちょっと心配だよな」

「なにが？」

「今年は、ホール公演がなかったろ？」

声を潜める拓也に、私は「だね」とうなずく。

拓也の言うとおり、毎年恒例(こうれい)の中区と西区で開催していたホールでの公演は年始早々に中止が発表されていた。

それだけじゃない。稽古場で開催する小芝居(こしばい)も観客数が例年に比べて少なかった。

「ほかの市からの招待公演もなかったし、なんかやばい雰囲気あるよな」

拓也の杞憂は気のせいじゃない。日向さんは会うたびに『赤字だ』と嘆いている

し、年を追うごとに公演数は確実に減っている。

「大丈夫だよ」

意識して明るい声を出した。

「『オペラ座の怪人』なら、これまで観たことがない人も興味を持ってくれるはず。

成功すれば、ほかの場所でだって公演できるよ。ピンチはチャンスなんだから」

右手に拳を作り、力強く言うと拓也はわざとらしくため息で答えた。

「結菜はノーテンキだな。ま、そこがいいんだけど」

拓也を意識してからは元気な自分を演じることも増えている気がする。

余計な考えを持ってはダメだ、とそっと自分に言い聞かせる。

急にざわめく声が小さくなった。稽古場の向こうにあるドアから日向さんが顔を

見せたのだ。

中央まで進んだ日向さんの周りに、次々に劇団員が円を描くように腰を下ろして

いく。

白髪に無精ひげを引っつけた日向さんは、今年五十二歳。小さいころから同じ顔

だと思っていたけれど、たしかにあのころは髪も黒かった気がする。

「今日はすごい人だな。俺の誕生日会でもやるのか？」

目を丸くする日向さんの言葉にドッと笑いが起きた。拓也もおかしそうに笑っているけれど、私はなんとか口のはしっこをあげられたくらい。

これからはじまることを思えば、否が応でも緊張が高まる。

「そうはいっても、この数年で劇団員もずいぶん減ったよな」

人数を数えるようにぐるりと見渡した日向さんはさみしそう。昔は百五十人近い劇団員が所属していたそうだけれど、今はその半分もいない。

「それに今年は、我が劇団の歴史上最低の公演数だったしな」

誰に聞かせるわけでもなく言うと、日向さんは腕を組んだ。劇団長であり監督でもある日向さんの声は、ささやくように話していてもすっと耳に入ってくる。

ほかの劇団員も日向さんの顔をじっと見ている。何人か見たことのない顔もいるけれど、『幽霊劇団員』の人たちだろう。ちなみにそのあだ名は、日向さんがつけた。

オーディションに受かれば出演するし、不合格なら次のオーディションまで姿を現さない人たち。

「まあ俺の交渉術が衰えたのか、世間の関心が薄れたのか……。だが、ほかの劇団もそれは同じ。今年は全国的に公演数が激減していたそうだ。いわば、演劇界は冬の時代に突入したんだろうな」

そこまで言ってから日向さんはニヤリと不敵な笑みを浮かべた。

「しかし、俺達には強い味方がいる。それは、春公演だ」

パラパラと拍手が起き、はやしたてる口笛が鳴った。

「これより春公演の舞台『オペラ座の怪人』のキャストを発表する。今年の春以降のうっぷんを晴らしたいだろ？　これまでで最多の出演者を割り振ったぞ」

わーっと拍手が爆発したように鳴り、なかには立ちあがる人もいた。熱気を帯びた感情の波が稽古場に満ちている。

こんな感覚、久しぶりだな……。

「もちろん、そのぶん、出演料は少なくなるし、兼務で裏方もやってもらうことになるから覚悟しろよ」

拓也が顔だけを寄せて、

「規模がでかいな」

と耳元で言った。

「うん」

うなずいて視線を戻すと日向さんと視線が合った。

「あれ？」

思わず声に出してしまった。拓也が不思議そうに見てくるので、首を横に振って
なんでもないことを伝えた。

「じゃあ、まずは監督から発表するぞ」

「そんなのひとりしかいないじゃないですかー」

劇団員のヤジにまた笑い声が起きる。

同じように笑いながら、さっき感じた違和感がずっと離れない。

私を見た日向さんの表情にあった感情は、悲しみに見えた。

あれは気のせいだったのかな……。


「以上をもって、キャストとスタッフの発表は終わりだ」

その声は、死刑判決みたいに耳に届いた。

「台本は靴箱の横に置いてある。明日から早速読み合わせを開始するから、そのつもりでな。学生は冬休みに入れば練習は毎日。正月も返上でやるから覚悟しておけ。今日はこれで解散！」

歓喜の声がうわんと渦巻き、周りの劇団員が一斉に帰って行く。

私は、動けない。座ったまま、稽古場から出ていくみんなをぼんやり見送る。

以上……終わり？

日向さんの周りには機材スタッフが集まっている。

「おい」

──私、ぼんやりしていたのかな。

「結菜？」

──大事なキャスト発表だったのに聞き逃してしまったのかもしれない。

「おいって」

──台本を見れば載っているのかも。だけど、体が動かないよ。

「おいってば！」

ぐわんと肩を揺すられハッと横を見ると、間近に拓也の顔があった。

「……大丈夫か？」

大丈夫ってなにが？　そう尋ねたいのに口は動いてくれなかった。

頭のてっぺんから足のつま先まで感覚がないみたい。

「ね……拓也。私の名前、呼ばれなかったよ、ね？」

なんでもないように聞きたかったけれど、ダメだった。かすれる声が最後は震え、言葉にすらならなかった。

「待ってて」

するりと立ちあがり拓也が小走りに「日向さん！」と駆けていくのを見て、ようやく意識が体に戻ってきた。

メモも取らずにじっと自分の名前が呼ばれることを待ち続けた。けれど、日向さんの口から私の名前は最後まで出なかった。

私……春公演に出られないんだ。

やっと動き出した鼓動は、急に速度をあげて胸を締めつけてくる。

これまでも出演できない舞台はあったけれど、裏方や照明係にはつけていた。なのに、何度思い出しても私の名前は最後まで呼ばれなかった。

拓也が日向さんになにか言っている。そっか、と気づいた。

さっき日向さんが悲しい顔をしていたのは、そういうことだったんだ。

キュッとフローリングを鳴らす音がして、目の前が暗くなった。見あげると日向さんが立っていた。

「話がある」

「え……？」

「大事な話だ。二階へ来い」

「二階？　会議室じゃないんですか？」

日向さんと面談するときは、会議室に呼ばれることが多かった。二階にあがったのなんて、忘れるほど遠い昔に一度あるだけ。

質問に答えることなく日向さんは稽古場を出ていく。立ちあがると、軽いめまい。

ふらつく私の腕を拓也が支えてくれた。

「あ……ごめん」

「大丈夫か？　ひとりで行ける？」

「うん。ねぇ、私……」

カラカラに乾いた喉では、言葉はへたくそな口笛のように空気を震わせるだけだった。視線を落とす拓也に、やっぱり名前が呼ばれなかったことを知る。

「二階までついて行こうか？」

はぐらかす問いかけが、私への答えだ。本当に春公演に出られないんだ……。

鼻がツンとするのを我慢して首を横に振る。

「二階へは立ち入り禁止でしょ。ひとりで行くから大丈夫だよ」

なにかの間違いだと信じたかった。二階へ続く階段の前に立ち深呼吸をするけれど、うまく空気を吸いこむことができない。

薄暗い階段をあがると、そこには広い部屋があった。

劇団長室と呼ばれていて、机とソファセット、いくつかの本棚が並んでいるだけの部屋。その奥は日向さんの住居スペースらしい。

日向さんは窓辺に立ち外の景色を眺めていた。

「失礼します」

一歩なかに入ると、日向さんが「ああ」とふり向いた。

そのままじっと私を見てから、

「つらいか?」

そう尋ねてきた。

なにか答えないと、と思っても言葉が出てこなかった。

カーテンを閉めた日向さんが肩で息をつく。そんなことにもくじけそうになる。

「今の発表にあったように、春公演に結菜は出演できない」

『オペラ座の怪人』に出ることが夢だった。あの古典名作を演じられることをずっと願っていた。裏方ですらもかなわないなんて……。

胸のなかであふれる感情は鼻をツンと痛くし、視界を潤ませた。

ダメ、泣くよりも思いを伝えるほうが先。

「お願いします。どんな担当でもいいから、せめて参加させてください」

「いや」、と首を横に振る日向さんは、なぜかほほ笑んでいた。

「オーディションでの結菜の演技はすばらしかったよ。審査員を務めたベテラン劇団員からは、推す声も多かったのも事実だ」

「だったらなぜ⁉」

「……座ろうか？」

ソファに腰をおろした日向さんに、必死で首を横に振った。

「教えてください。どうして選ばれなかったのですか？」

「俺が不合格にしたからだ」

「え……」

足元からなにかが崩れていく音が聞こえる。ほかの人が推薦してくれたのに、日向さんが反対した。そう言ったの？

「大事な話があるんだ。頼むから座ってくれ」

目の前のソファを指さす日向さんはもう笑っていなかった。なにかに導かれるように黒いソファに座ると、それでいいというように日向さんがひとつうなずいた。

「今から話をすることは、ほかの劇団員は知らないことだ。依頼する人にしか話をしないと決めている」

……どういうこと？

日向さんは胸ポケットから電子タバコを取り出すと、口元に運びかけた指をぴたりと止めた。

ゆっくりとソファの背もたれに体を預けてから、ようやく日向さんの口が開く。

「実は、劇団はままつは……今度の春公演を最後に解散することにしたんだ」

「え……？」

意味が理解できない。ちゃんと聞こえたのに、頭が理解することを拒否しているみたい。

けれど、手の先が、足元がおもしろいくらい震え出している。

「本当に……？」

尋ねる声や感情も一緒になって震えているみたい。それは、涙に変わったと思うとあっけなく頬にこぼれていく。

「経営不振が続いてるのは知ってるよな？　今年はほとんどまともに公演ができなかった。収入がないと劇団としての維持はかなり難しくなる」

「月謝は？　月謝を値上げするとか？」

日向さんは「いや」と首を横に振って希望を打ち砕く。

「これ以上の値上げはできない。たとえ倍の月会費にしたって、劇団を維持するには雀の涙くらいにしかならない。銀行の返済は待ってくれないからな」

「でも、春公演は補助金だって――」

「それも打ち切られる」

顔をあげると戦い疲れた男の顔があった。眉間にシワを寄せ、ぐったりとソファに座っている。

「市は演劇業界への補助金を来年度の予算には計上しなかったそうだ。これがなにを意味するかわかるか？　市の協力がないってことは、チラシなんかのＰＲも俺たちだけでやることになるんだ。ホールの使用料も劇団がすべて負担……そんなのムリだろ？」

日向さんから視線を落とすと、また涙がひとつ床にこぼれた。

どうしよう……。

長い間、この劇団があるからがんばってこられたのに。

家でも学校でも居場所がない私の大切な場所。それが……なくなる？

これから私はどうやって毎日を過ごせばいいの？　なにを目標に生きていけばいいの？　まるで暗黒に突き落とされるような感覚に、世界が色を失っていく。

「今の劇団の状況はわかったな？」

嗚咽をこらえてうなずく。そして、ふと気づく。

「だったら……。最後くらい、春公演に出してくれてもいいのに」

長年の関係から、私と拓也は練習以外では日向さんにくだけた口調で話をする。もちろんみんなの前ではなるべく敬語を使っているけれど。

「まあ、そうなるよなぁ」

天井をにらむように見た日向さんが、急にモゴモゴ口を動かした。

劇団の解散についてはあんなにあっさり口にしたというのに、なにか言いにくいことがある様子。短いつき合いじゃないから、伝わってくる。これは、なにか私に頼みごとがあるときの態度だ。

「ひょっとして……なにか私にやらせようとしてる。そういうこと？」

ギクッと体を震わせた日向さんが、「ああ」とあきらめの声を出した。

予想は的中したらしい。

「結菜には別の仕事が入ってるんだ」

「別の……仕事？」

そういえば、さっき『依頼』がどうとか言ってたよね。

両指を組んで日向さんが前のめりになると、古いソファがきしんだ。

「簡単に言うと、劇団はままつは生き残りをかけ、副業をはじめたんだよ」

「副業……。それって、アルバイトみたいなこと？」

「アルバイトというか、あくまで劇団員としてできる仕事をするんだ」

言っている意味がわからずにまだ、時間差であふれる涙を袖で拭った。

「『レンタル劇団員』というやつで、ホームページに載せたらすぐに依頼がきたんだ」

「レンタル劇団員……？」

はじめて耳にした言葉に頭のなかが「？」の嵐。

掃除とかを手伝いにいくってことなら無理。典型的なO型の私は、自慢じゃないが部屋も散らかり放題だし。

「簡単に言えばレンタル家族みたいなもんだ。もうすぐ冬休みだろ？　その間、依頼された家へ行き、そこの家族になりきって活動してもらうんだ。それを結菜にはやってもらいたい」

まるで時間が止まったみたいな感覚だった。いろんな情報に脳の処理が追いついていない。家族になりきるってどういうことなの？

「冬休みの間、ずっとその家にいなくちゃいけないの？　ちょっと待ってよ、そんなのありえないし」

「詳細(しょうさい)は受けてくれるならしっかり伝える」

涙はもう引っこんだ。代わりに沸々(ふつふつ)と怒りの感情が、花火(はなび)のように弾(はじ)けた。副業に行かせるためにオーディションを不合格にしたなんて許せない。

「そんな仕事、受けるわけないでしょう？　『オペラ座の怪人』に私がどれだけ出たがっていたか知ってるよね？　そりゃあ、ミュージカルだから私には不向(ふむ)きだとは思うけどさ――」

「音痴は治らないからな」

「お、音痴じゃないもん！　人よりちょっと音程を取るのに時間がかかるだけなんだから」

食ってかかる私を両手で防ぎながら、

「悪かった。悪かったから」

日向さんは謝ってくる。

混乱した頭でもわかる。今、私は本当の自分になって感情をぶつけているんだ、って。

どこにいても仮面を貼りつけているような日々のなか、本当の気持ちを言葉にできる唯一(ゆいいつ)の場所がここなんだ。

ソファに腰をおろして背筋を伸ばす。ちゃんと話を聞かないと……。

ようやく落ち着いた私に、日向さんが大きくため息をこぼした。

「もし、結菜がこの仕事を受けてくれたなら劇団は存続させられる。スポンサーも見つかったし、成功事例を出せば依頼も増えるだろう。銀行もこの案に乗り気で、返済のタイムリミットをずいぶん伸ばしてくれるそうだ」

「あの……」

「つまり、この劇団の運命は結菜が握っているってことだ」

それって脅しじゃん……。

「依頼は冬休みの期間だけだ。もし行ってくれるなら、春公演では裏方の仕事をつけることを約束する。だから頼む、受けてほしい」

真剣な瞳から逃げるようにうつむく。

知らない人の家に行き、そこで家族として生活する……。そんなこと、私にできるわけがない。

「でも、違う家に行くなら親の許可が必要でしょ？　お母さんが承知するとは思えない」

春公演に私が出ないと知ったら、お母さんは烈火のごとく怒るだろう。断るには最適の返答だと、我ながら思った。

が、日向さんは私の答えを予期していたように口を三日月の形にカーブさせた。

今日はなんて嫌な予感が連打してくる日なのだろう。

「今朝、ここに来てもらい話はしておいた。最初は渋っていたけれど、ＣＭやドラマの仕事をとってくるのならＯＫしてくれるそうだ」

ぷつん、と切れる最後の望みの綱。

心の嘆きをため息に変え、

「……少し、考えさせて」

なんとかそう答える。あまりにも急な話だし、すぐに返事なんてできない。

「時間がないから早めにな。一応、簡単な依頼内容を渡しておくから。受けてくれるなら、詳しい資料を郵送するから」

ぺらんと一枚の用紙を手渡されるが、今は見る気になれない。

カバンにしまいながら、ふと気づく。

そういえば……この間届いた手紙って？　たしか差出人は『依頼人』と書いてあったはず。そうだ、『依頼を受けてくれてありがとう』みたいなことも記してあった。

「あのさ――」

言いかけて、やめた。そうだった、他言無用とも書いてあったっけ。

いつの間にか電子タバコを口にした日向さんが、おいしそうに煙を吐いている。

自分の役目は終わった、という暢気な様子にムッとしてしまう。

じとーっとにらむ私に、「そうだ」と日向さんが視線を向けてきた。

「このことは、ほかの劇団員には内緒だぞ。拓也には特にな」

「なんで拓也の名前が出てくるのよ」

意外だったのか、日向さんは目を丸くして首をかしげた。

「お前らつき合ってるんじゃないのか？」

「なに言ってるのよ。ただの劇団員同士だよ」

そう、彼はただの劇団員。昔から週に何度も会うのが日常だった。

私がこのレンタル劇団員を受けなかったら劇団はつぶれてしまい、拓也とも離れ離れになってしまうんだ。

それを思うと、また泣きそうになる私だった。


「ええ、聞いてるわよ。とってもいいお話じゃない」

レンタル劇団員の話をした私に、お母さんはニッコリとほほ笑んだ。

お母さんが許可したのは本当のことなんだ……。

洗面所で手を洗いながらため息をつく私に、

「なにか不満でもあるの？」

なんて追い討ちをかけてくる。

——不満だらけだよ。なんで他人の家に住みこみで行かなくちゃいけないの。劇団員をレンタルするなんて聞いたことがないし、現実的じゃないでしょ。そんなことより、私は春の公演に出たいの！

そう言えたならどんなにいいだろう。

無言でテーブルに着く私に、お母さんは納得したと思ったのか、にこやかにお茶を淹れている。

今日の夕食は大好きなハンバーグなのに、うれしさはいつもの半分もない。

「でも、レンタル劇団員なんて聞いたことないよ」

「聞いたことがないからいいんじゃない。ほかがやっていないことをやればメディアは飛びつくもの。そうすればあなたのことも取りあげられるに決まってる。これは大チャンスなのよ」

すっかり日向さんの企画に乗っかってるお母さんに言いたいことを、ハンバーグと一緒に飲みこんだ。湯飲みを私の前に置いたお母さんが向かいの席に座った。

「そういえば、テレビのお仕事の話があるみたいなの。お母さんが頼んだわけじゃないんだけど、社長が『是非(ぜひ)に』って」

嘘ばっかり。ムスッとしてしまう自分をたしなめて軽くうなずくのが精一杯。

「どっちにしても劇団の存続のためには、結菜ががんばるしかないのよ」

それはわかってる。わかっているけれど、納得することとは別だ。

お母さんはいつだってそうだ。私がテレビに出られるためなら、なんだってやろうとする。

「それに、指名で選ばれたなんて光栄じゃない？」

箸を持つ手が止まった。

「指名って？」

「社長に聞いてないの？　この依頼をした人は、結菜を指名したんですって」

「え……？　なんで私が？」

「そりゃあ、あなたの演技力を買ってのことでしょう。お母さん思うんだけどね、この依頼は結菜の演技力を確実に磨く（みがく）と思うの。実際の家庭で実在する子を演じることなんて滅多にないことだもの」

「……うん」

たしかに演技力を強く求められる仕事だとは思う。

「でもおかしいよ。加奈（かな）さんはどこにいるの？」

「加奈さん？」

ん、と首をかしげるお母さんに続きを言いかけて、やめた。日向さんからもらった資料には、私が『夏見（なつみ）加奈』という女の子を演じると書いてあった。個人情報だろうし、うかつに口にしてはまずそう。

おいしそうにお茶を飲んだお母さんは上機嫌（じょうきげん）だ。

「なんにしても劇団がつぶれるよりマシでしょう。それに、春公演なんて来年もあるじゃない。またそこに向けてがんばればいいのよ」

　お母さんにはわからない。私がどれだけ春公演に出たかったかなんて、最初から理解しようとしていないんだ。

　あ、とようやく白い手紙のことを思い出した。あの手紙は依頼人から届けられたものだった。あの手紙を書いた人が私を指名したってことか……。

　押し黙る私に、

「話は変わるんだけど……。あの、ね」

　珍しく言い淀むお母さんの声。同時にまたあの悪い予感がムクムクと顔を出す。

「お父さんの話なんだけど、ひょっとしたら……離婚することになるかもしれないの」

「え？」

　カチャンと箸が皿の上で踊った。片方の箸がテーブルを転がり、床に落ちた。

「……なんでそんな話になるの？」

「具体的にどうこう、ってことじゃないの。ただ、一緒にいてもケンカばっかりだし、こういう関係ってよくないと思うの」

「……」

「お父さんは『絶対親権は譲らない』って言うし、あなたはどう思う？」

　ショックよりも驚きのほうが大きかった。そんなことまで話し合うほど、険悪になっていたんだ……。

「もちろん、すぐって話じゃないの。あなたが高校を卒業するまでは待つつもりよ」

——やめてよ。

拒否を示したいのに、まるで台本の台詞を読むように、

「そうなんだね」

さみしげに私は口にしていた。

「親権についてはちゃんと話し合うつもりだから安心して」

——やめて。

「ケンカばかりの両親なんて、結菜の教育上よくないだろうし」

——やめて！

心で必死に叫ぶ声は、お母さんに届くはずもなくお腹のなかでぐるぐる回るだけ。お母さんは窺うように上目遣い（うわめづか）で見てくる。私は箸を置いた。

ちゃんと伝えないと後悔（こうかい）するのは目に見えている。

なのに、

「本当は離婚してほしくないけど、ふたりが決めたことなら反対しないよ」

私のなかのもうひとりの結菜は言う。口のはしっこに笑みまで浮かべて。

安心したのだろう、目じりのシワを濃くして笑うとお母さんは流しで洗い物をはじめた。

今日は私にとって、人生最悪の日だ。なんでこんなことになるの？

急に家のなかがセットのように寒々しく思えてくる。ここにいたくない。帰宅するお父さんにどんな顔をして会えばいいのかわからない。

「お母さん」

「ん？」

じゃぶじゃぶと皿をゆすぎながら答えるお母さんに、

「ちょっとコンビニ行ってきていい？」

「気をつけるのよ」

親子の会話のシーンはこれで終わり。バッグを手にリビングを出て玄関で靴を履いた。

「行ってきます」

そう言ってドアを閉めて歩きだす。歩いているうちにどんどん速くなり、最後は駆けていた。

暗い夜道に私の足音だけが響いている。ああ、最近はなにかから逃げてばかりだ。

涙は出なかった。いろんなことが起こりすぎて感覚がマヒしているのかもしれない。もしくはさっき日向さんの前で泣きすぎたせいかも。

ようやくコンビニの明かりが見えてきた。暗闇に光るコンビニの外灯に、虫が吸い寄せられるように近づく。

ちょうど店内から客が出てきたところだった。私からはまだ黒い影に見える。

「あれ、結菜？」

耳に馴染(なじ)んだ声に近づけば、

「すげー偶然だな」

拓也がにこやかに笑っていた。

「え、なんで？」

「明日(あした)の朝メシ買いにきた」

背負ったリュックを指さす拓也。一旦家に帰ったのだろう、ジャージ姿の拓也を見て、ようやく体の力が抜けた気がした。

「結菜こそ、こんな時間になにしてんの？」

停(と)めてあった自転車にまたがりながら尋ねてくるので、

「私も同じ。パンを買いにきたの」

嘘でごまかそうとした。

ふむ、と唇を尖らせた拓也が自転車をおりると、なぜかコンビニの建物の裏手へ歩いて行くのであとを追った。

一番はしっこの駐車スペースにどかっと座った拓也。よくわからないけど、隣に腰をおろした。

「で、なんで元気ないの？」

そんなことを躊躇（ためら）いなく尋ねる拓也に、視線が勝手に落ちてしまう。

「……なんでわかっちゃうのよ。ちょっと親とケンカっていうか……。ううん、言い争いになってはないけどモヤモヤしちゃってさ」

「そっか。てっきり春公演のことかと思った。あのあとどうなった？」

う、と言葉に詰まった。

日向さんは劇団員には内緒にしろと言っていた。特に拓也には、と念を押されたばかり。

「あのさ……冬休みはおばあちゃんの家に行かなくちゃいけないの。ちょっと具合（ぐあい）が悪くってね」

「山口県だっけ？」

「うん。周南市（しゅうなんし）ってところ。春公演に出演するには、冬休みの練習に参加することが条件でしょう？　さすがに山口から練習に参加するのは厳（きび）しいから、辞退したの」

これはさっきもらったA4用紙の最後に記されていた嘘。私は、おばあちゃんの家で介護(かいご)をすることになっているらしい。ちなみに、本当のおばあちゃんはピンピンしている。

気づかれないよう演技に集中する。じゃないと、長いつき合いの拓也には見抜かれてしまうだろうから。

「一応、裏方では参加させてもらえるみたい。だから、拓也はがんばってね」

どう考えても不自然な言い訳。気づかれるかも、という不安に胸がドキドキと鼓動を速くしている。

チラッと横を見ると、拓也はふんふんとうなずいてから、

「そっかー」

と軽い口調(くちょう)で言った。残念がるかと思っていたのに、予想外の反応に戸惑ってしまう。改めて横顔を見ると、拓也はニッとこっちを向いて笑った。

見ないように意識するほど、最近は目で追うことが多かったことに気づく。自分の気持ちはいつだってあとから気づいてしまう。

――恋なんてしたくない。

拓也への気持ちに気づいてから、何度も何度も自分に言い聞かせてきた。舞台女

優になりたい夢が理由のひとつだし、親の不仲を見てきたこともそう。

恋なんてしたって、なんにもならない。拓也とはこれまでと同じ距離で一緒にいたい。

でも、私たちをつなぐ劇団はままつが、今や風前の灯だなんて……。

こみあげる感情に名前をつけるなら、切なさ。苦しさ。もどかしさ。

渦巻く感情に支配され、うまく呼吸ができずにいる。人を好きになるって、こんなにも自分自身を見失うことなんだ。まるで嵐のなかで必死に踏ん張っているみたいな気分。

「実はさ、俺も出ないんだよなあ」

軽い口調の拓也に、現実世界に引き戻された。

「え、出ないってどういうこと？」

「そのまんま。春の公演には出ないってこと。俺の名前が呼ばれなかったの、聞いてなかったろ？」

そういえば、あのときは自分のことに必死で、拓也がなんの役を射止めたのか確認していなかった。

「そんなのありえないよ。拓也だって毎回出てたのに……」

拓也はこの劇団の若手では一番の実力者だ。男子学生が主役の劇だと、たいてい彼が演じていたし、少し年上の役でもなんでもこなしてきた。

そう、私が拓也を好きになったのは、演技力のすごさも大きな要因だろう。彼のように自然に演じたいと思ったし、嫉妬するにはレベルの差が大きすぎるとも自覚している。

拓也の演技は自然で、だけどいつもの拓也じゃなくて、セリフを口にしないシーンでも見る者の目を奪うほど存在感があった。歌うように口にする言葉は、いつだって観客以上に私を魅了する。

首を横に振り、感情の波をまた押しこめた。今はそんなこと考えているときじゃない。

拓也は横顔で穏やかにほほ笑んでいる。

「言ってなかったけど、高校でも演劇部に入ったんだよ。冬休みはそっちの練習があってさ」

初耳だった。住んでいる場所は近くても、ずっとほかの学校に通っていたから部活のことなんて知らなかった。

「でも、劇団公演のほうが大切じゃない。なにがあったって出るべきだよ」

「お前がそれを言うか」

言われて赤面してしまう。たしかにそうだ……。

「三年生の卒業式でやる劇だからさ、手を抜けないんだよ。ここで結果を出せば、いつか部長になれるかもしれないし。それに休みはバイトしないと、うち母親しかいねーし」

「そう……」

劇団よりも高校の部活を重視する拓也が悲しかった。どんどん離れていく距離に、ため息がこぼれた。

駐車場に車が入ってきて、白いライトが私たちを一瞬照らした。まぶしさに目を細めれば、春公演に出ないことも親のことも、ぜんぶ夢のように思えた。

「俺さ、昔から結菜のことすげーって思ってる」

突然の言葉に「え？」と声にはせずに口の動きだけで反応した。

「舞台に出る前はガチガチに緊張してるのに、ライトを浴びたとたん役に入りこむじゃん？　それも、役柄に憑依されているのかって思うくらいなりきってて、迷いがないんだよな」

「それは拓也が励ましてくれているからだよ」

「逆に俺は、舞台の前半までは平気なのに、後半はバテちゃうからな」

私たちはふたりでひとつだった。本番前のメンタルが異様に弱い私に『大丈夫』と拓也は魔法をかけてくれる。逆に、ラストシーンへ向けて緊張を濃くする彼に私は魔法の言葉を返す。

お互いに魔法をかけあって、最後まで乗り切ってきたんだよね。

「私もさ、拓也のことすごいって思ってるんだよ」

「俺はただの劇団員だよ」

「それがすごいんだよ」

きょとんとする拓也に私は空に星を探す。今夜は薄雲が広がっていて、いつもより星の光は儚く浮かんでいた。

「中学生になったころからテレビの仕事が落ち着いて、ちゃんと劇団に通えるようになったでしょう？　劇団に戻れてうれしい反面、どこか出戻りみたいな気がしていたの」

思い出したのか、拓也が「ああ」とあいづちを打った。

そう、劇団に戻りたいと願っていたはずなのに、あのころ抱いていた感情は、劣等感だった。

「これまでの練習不足を取り戻したくてがんばったけど、全然うまくいかなかった。焦るほど空回りしていたし、どこか天狗になっていたとも思うんだよね。拓也はいつだって励ましてくれたよね」

劇団に戻れた当初はぎこちなかったけれど、拓也はこれまで同様に迎えてくれた。厳しいアドバイスも、ちょっとした褒め言葉もぜんぶうれしかったんだ。

「結菜が努力したからだよ。『家族の風景』で主役に選ばれたことも、当然の結果だってみんな思ってたし」

低迷期を支えてくれた同志は照れたようにはにかんでから、

「柊ユキのブログ、まだ見てるの？」

と、私の手にあるスマホを指さした。

「もちろん繰り返し見てるよ。てか、柊ユキさん、ね。ちゃんと敬称で呼ばないと」

「いいじゃん。ちょっと見せてよ」

スマホのバックライトをつけるとブックマークに登録してある記事を表示させた。

柊ユキは往年の大女優。歳はたぶん六十歳を越えているだろう。東京の劇団出身で、映画を中心に活躍している。最近は仕事をセーブしているらしく、見る機会は減っているけれど、私にとっては憧れの人だ。

昔は主役を張っていたけれど、十年前からは脇役のオファーしか受けないと聞く。彼女の演技はしばしば『憑依型』と称され、どんな役でも見事に演じている。

表示させたブログのタイトルは『柊ユキと演劇と』というもの。そこに、私の名前が一度だけ出てくるのだ。見つけた夜は一睡もできないほど興奮したし、彼女が劇団はままつの舞台を観にきてくれたことが信じられなかった。たった一度だけ、主演した『家族の風景』、それを憧れの人が観てくれたことが、どんな有名なドラマに出るよりも、ただうれしかった。

「おお、これこれ。たしか……あった、ここだ」

懐かしそうに目を細める拓也の顔がライトに照らされてやさしく見えた。

「えっと、『あの演劇には、人生よりはるかに現実的な空間が、時間が、言葉があふれていた』だって。いい言葉だよな」

「ちょっと声に出さないでよ」

恥ずかしさでスマホを奪い返そうとする腕を避けて、拓也は続ける。

「こっからがすごいんだよな。『また、主役が杉崎結菜ということにも驚いた。彼女はCMをきっかけにテレビ界に進出していたが、まさかあれほどすさまじい演技をする子だとは思っていなかった。憑依したかのような演技に、観客は笑い、泣いて、怒った。テレビでニコニコしている彼女からは想像もつかないと感服した。たった三日間しか上演されない地方の演劇だからこそできる、切迫感や緊張感。だから演劇はやめられない』。これってすごいよなあ」

拓也の声で読まれると、目で追うよりも現実味が一気に増すようで知らずに両手で頬を押さえていた。

スマホを返してもらい改めて文字を読むと、体中が感動の波に包まれるようだった。同時に、あれ以来、主役のオーディションを受けなくなったことも思い出す。

拓也も日向さんも、理由を何度も聞いてくれたけれど、うまく答えられずに、はぐらかしてばかりだった。お母さんに至っては、今でも主役のオーディションに連敗していると思いこんでいる。

「ね、拓也」

「ん？」

「私、主役のオーディションをずっと受けてないよね」

なにを言おうとしているのかわかったのだろう、拓也は体ごと私のほうを向いた。

これまでは説明したくてもずっと言えなかったけれど、劇団の存続が危うい今なら、伝えられる気がした。

「ユキさんが書いてくれているように、私の演技って昔から憑依型って呼ばれているし、私もそう思ってる」

「どんな役にでもなりきれるというか、なっちゃってる。新しい劇団員からは『カメレオン』って呼ばれてるんだってさ」

カメレオン、か。でもカメレオンは決して心までは擬態しないだろう。

「役に入りこむと自分が自分じゃなくなるみたいなんだ。心がその役に侵食されて、私っていう人格が消えていくような……。次の台詞を言いたくても、全然違うことを言ったりもしたし」

「急にアドリブを入れてきたりしてたもんな」

立ち位置や動きだって、台本の指示をまるで無視してしまうこともあった。演じる役に体や心を乗っ取られ、本当の私は砂のようにさらさらと溶けていくような感覚がずっと残っている。

「でもさ」、軽い口調で拓也は言った。

「結果的には大成功なわけだし、『家族の風景』は結菜の代表作になったろ？」

「だからこそ怖いの」

そう、怖いんだとわかった。

「主演なら舞台にずっと出続けなくちゃいけない。あの舞台ではたまたまうまくいったけど、次はどうかわからないよ。みんなで作りあげたものを台無しにしてしまうような気がして……」

舞台に出るとすぐに役になりきることができる。そのぶん、現実と演技との境界線がぼやけてしまう。だから、主役のオーディションを受けることができない。

ユキさんのようになるには、まだ経験が足りないと思ったから……。

「やっぱり、このブログが載ったあとの評判を気にしてんのか?」

拓也の質問に、言葉が詰まってしまう。ユキのブログが掲載されたあと、心無いコメントが書きこまれ小さく炎上したのだ。

『私は主役の子の演技が怖かったです』

『乗り移られているみたいで気持ち悪かった』

『二日間観ましたが、主役の子が毎回違う演技をしていて、ほかの役者を振り回しているように見えました』

　書かれたコメントにショックを受ける、というより自分で気づいていなかったことを指摘された気分だった。たしかにあのときは暴れ馬に乗っているような感覚だったから。また主役になったら、今度こそ制御できないとも思っている。

「俺、思うんだけどさ、悪い意見も成長のためには必要。でも、あの劇はそれ以上に結菜を絶賛した声が多かったろ?　もっとそっちにも耳を傾けないと」

　いつだって拓也は私を励ましてくれる。

「そうだね」なんて、もっと上手な返事ができればいいのに。あの出来事以来、目立つことが怖くなってしまった私がいる。

「憑依型は結菜の大きな特徴だと思う。俺、正直うらやましいもん。悪い意見を書いた人だって、ちょっとは嫉妬してるんだと思うよ」

「そうなのかな」

「俺なりの解釈、聞きたい？」

うん、とうなずく私に拓也はひと呼吸置いてから口を開いた。

「結菜はさ、役になりきってもまだ、自分自身を必死で残そうとしているだろ？

むしろ逆だと思う」

「逆？」

拓也がやさしい目で私を見ている。まるでいたわるような視線に思わずうつむいてしまった。

「コントロールしようと思うから暴走するんだよ。憑依されるのを怖がらず、身を任(まか)せてごらん。その上で結菜なりの命を役に吹きこむといいと思う」

「私なりの命を……。ごめん、よくわからない」

ガクッと肩を落とした拓也が「んだよ」とぼやいている。それでも拓也が励ましてくれたことがうれしかった。あんなふうに家を出てしまったけれど、コンビニに来たことは正解だったみたい。

「なんにしてもがんばるよ。家でも学校でも居場所がない私には、劇団はまましかないんだから」

言ってからすぐに口を閉じた。懐かしい話が続いたせいで気持ちが緩んでいたのかもしれない。劇団以外の私の生活を知らない拓也に、余計な心配をかけたくない。

不自然に黙る私の頭にポンと拓也が手を置いた。

「結菜の嫌いなところ」

「え？」

「そうやって周りにばっかり気を遣っている。それが悪いとは言わないし、きっと昔から大人に囲まれていたからそうなったんだよな」

見ると拓也はまっすぐに私を見ていた。

「俺の前では普通でいればいいよ」

「普通……って？」

学校で余計なことは言わない私のこと？　それとも親の離婚にすら反対できない私？　拓也を好きになった私？

「どれが本当の自分かわからないんだよね」

心配させたくないのに弱気な言葉がぽろぽろこぼれていく。

「思ったことをなんでも言えばいい。俺はちゃんと受け止めるから」

「ありがとう」

やっと離された手。もう離された手。

切なさがまた顔を出す。そんなにやさしくされたら、もっと好きになってしまう。

友情が恋に変わった瞬間は覚えていない。

恋愛に甘い幻想を抱いていたのは遠い昔の話。子役時代に大人の世界を見たせいか、現実主義者になってしまっている。洗剤のCMの仲良し夫婦も、インスタで笑い合うカップルも、みんな誰かに向けてアピールしているだけの幻。

両親を見ていてもわかる。永遠の愛なんて存在しないし、見つけたつもりでいても、やがていがみ合い、幻だったと気づくものなんだ。

愛なんて錯覚だと知っているのに、どうして心は拓也を求めるの?

拓也を好きになった感情を、ゲームみたいにリセットできればいいのに。

そっか、とそのときになって気づいた。私がレンタル劇団員を断れば、こんな会話もなくなってしまうんだ。

世界で一番好きな人も、私らしくいられる空間もすべて失う……。

だとしたら、この依頼は受けなくてはならない。劇団はままつのために、そしてなによりも自分自身のために。

ムクムクと湧きあがる気持ちを言葉にするのに、勇気なんていらなかった。

「なんか、すごく元気が出た。ありがとう」

「俺も結菜の悩みがやっと聞きだせて満足」

ガハハと笑ってから拓也はひょいと立ちあがった。

「またな」

「またね」

自転車で去っていく背中を見送りながら、私はスマホをバッグから取り出す。

――私は自分の居場所を守りたい。

電話の相手はすぐに出た。

「日向さん、私やります。レンタル劇団員になります」

本番前の弱気な私に、拓也が魔法をかけてくれたんだ。

私は、夏見加奈になりきってみせる。

# 第二幕

# 舞台の幕があがるとき

The IF of that day when I found with you

日向さんの車に乗るのはいつ以来だろう。

あいかわらずオンボロの赤いクーペは、荒い息であえぎながら必死で動いている感じ。覗き見た走行メーターはすべてが9の値で止まっている。

ハンドルを操る日向さんは、いつも以上に無精ひげをにょきにょき生やしていて、おじいちゃんみたい。

「夏見家の資料は完璧に覚えたか？」

尋ねる横顔に、

「一応ね」

と答えてから暖房の設定を強にした。

「一応じゃ困る。向こうについたら、その資料はぜんぶ置いて行ってもらうことになるんだぞ」

「わかってるよ。でも、考えてみて、期末テストが終わったあとから読みだしたんだよ。まるで二回テスト勉強している感じだったし、なにより時間がなさすぎる」

「台本を覚えるのは得意のはずだろ？」

「そりゃあ、台本なら覚えられるよ。でもこれは違うもん」

太ももの上にある太いバインダーをパラパラめくった。夏見家の家系図にはじまり、家族構成や個人の嗜好などのデータがびっしりと書かれている。

夏見加奈になりきるということは、彼女のデータだけでなく家族全員のことを頭に入れていかなくてはならず、それは想像を絶するほど膨大な量だった。

「即興劇だと思え。個人データを知ることでより深い人物像に迫れる。プロの演劇人ならそれくらいやるのが当然だ」

ほんと、日向さんには呆れる。依頼を受けたとたん郵送されてきた資料は、参考書も顔負けの量だった。

押しつけておいてよくそんなことが言えるものだ。

「台本とは違って台詞が書いてないんだから。資料はもう飽きるほど読んだけど、ぜんぶ頭に入ってるかは自信がないよ」

そもそもはじめてのことだし、資料を見れば見るほど不安が募っていった。

夏見家は天竜区にある。同じ浜松市内とはいえ、車で一時間以上かかる山間の町。私は足を踏み入れたことがない地方だ。

夏見家の家族構成は、両親と子供が三人、女・男・女、そして父方の祖母の六人。私は末っ子の夏見加奈を演じることになる。高校一年生だから私と同じ歳らしい。

私が指名されたのは、加奈と年齢が一緒だったことが一番の理由だったと思う。

車は市内を抜け、広い田園地帯を通り過ぎる。向こうにいくつもの山が見えてきた。

十二月二十八日の今日は、曇天。なんだか不安な出だしだ。

車がバウンドし、資料が膝からこぼれそうになる。エアコンはまだ生ぬるい風を出していて、どうやら調節は効かない様子。

「髪の毛を切ったな。イメージチェンジか？」

「写真に載ってた加奈さんに合わせたの。切ったばかりだったから、『また来たの？』って美容師さんが驚いてたよ」

「うまくいけば、カット代は経費にするから」

「別にそういうつもりで言ったわけじゃないし」

依頼を受けてからずっと機嫌がいい日向さん。反対に私の気持ちはブルーになる一方だ。

「ねえ、それよりこの依頼をした人って誰なの？」

「それは極秘事項になっている。依頼者については教えられないし、その目的も言えない。今日から一月六日までの間、結菜は夏見加奈を演じる。それだけだ」

「依頼人から私に直接の指示もないってこと？」

カマをかける私に日向さんは「だろうな」と涼しい顔。どうやら、あの手紙のことは日向さんも知らないらしい。

結局、依頼人からの手紙は、あれ以降は届いていない。

「資料を読めば読むほど気になるんだけど、私が加奈さんになることを家族は知っているってことでしょう？　じゃあ、当の本人はどこにいるの？」

「極秘事項だ」

　すっとぼけた横顔をにらんでみせるけれど、日向さんはどこ吹く風といった様子。赤信号に変わり、ガクガクと停止させると、やっとこっちを見た。

「契約では、お前が依頼主について探ることも禁止されている。頼むから絶対に余計なことはするなよ。せっかくの企画が台無しになるからな」

「しないよ。そんなことしない」

「どんな状況になっても、だぞ。普通の舞台と違い、今回は演技をする時間が長い。不安になっても最後まで演じきれよ」

　依頼主から手紙が来たことは内緒にしておこう、と改めて心に誓った。

　再び走り出した車がエンジン音をがなり立てた。景色もずいぶんと変わり、川沿いの道を車は上っていく。

　どんどん目的地に近づいていくけれど、まだ心の準備ができていない。焦ってもう一度資料を開くと、そこには加奈の世界が広がっていた。夏見加奈は明るくて、笑顔の絶えない子。家族想いで、特におばあちゃんが好き。クラスメイトとも仲がよくて、がんばっている人を応援するのが好きな性格。弱点は、ちょっとの時間でも寝てしまうこと。友達からは『眠り姫』とからかわれているらしい。

資料には、クラスメイトや近所の人のことも細かく書いてあった。それらを忠実に体現する必要がある。

加奈の写真も何枚か添えられていた。写真のなかの加奈は、どれもあふれんばかりの笑顔だった。私よりも顔が小さくて、肩までの髪は触らなくてもやわらかいことがわかる。肌だって私よりも白く目も大きいし、なによりも元気いっぱいという性格が写真にも表れている。

まるで私とは真逆の性格である加奈を演じなくちゃいけないんだ……。

「あれ……」

思わずつぶやくと、日向さんは目だけをチラッとこちらに向けた。

「なんでもない」

すぐに撤回してから、もう一度写真を見た。

一瞬だけ写真の加奈をどこかで見た気がしたんだけど、きっと気のせいだろう。

本番前はいつだって気持ちが不安定になってしまうから、つい余計なことばかり考えてしまう。拓也の魔法の言葉もない今は、絶体絶命のピンチと言える。

「言い忘れていたが、スマホも俺に預けていけよ。財布にもポイントカードとか入ってるだろうから全部置いていけ」

当たり前のような口調で言う日向さんに驚いた。

「え？　聞いてないんですけど」

「言ってなかったから当然だ」

胸を張る日向さんにムッとするけれど、

「あくまでお前は夏見加奈だからな」

そう言われると反論ができない。

でも、拓也から電話があったらどうしよう。ううん、そんなこと滅多にない。友達と呼べる人だっていないし、椎名さんからのスキー旅行もあれからもう一度誘われ、秒で断っている。

「拓也も春公演に出ないんだってね」

「演劇部に入ってたこと知ってたの？」

「高校の部活だろ？」

「知らなかったのか？」

そう聞かれると口ごもってしまう。

「この間聞いたばかり。春の公演は大事なのに……ね」

「みんなそんなもんだ。劇団はままつという小さな枠から、だんだん離れていくんだよ」

あまりにもあっさりとした言いかたに違和感を覚える私に、「しょうがないさ」と肩をすくめた日向さんはエアコンのスイッチを切ったり入れたりした。設備が古く、車内はなかなか適温にならない。

「いろんな世界を知るのも勉強のひとつだからな。なんなら、別の道に進んだって構わない。結菜も、劇団はままつを楽しむのはいいが、憑（と）りつかれないようにしろよ」

日向さんの言っている言葉の意味がわからない。

「劇団はままつを捨てちゃってもいいの？」

「そのときはそのときだ。俺は、みんながやりたいことで幸せになってほしいからな」

少しさみしそうに見えるのは気のせいかな？

資料をまとめて後部座席へ置いた。

みんながやりたいことを見つけて劇団を去ったとして、私は笑顔で見送れるのかな……。

「私は劇団はままつを続けたい。そのためにがんばるから」

「苦労かけるな」

「苦労だらけだよ。冬休みの課題（かだい）も今日までに仕あげなくちゃいけなかったから、クリスマスも返上でがんばったんだからね。といっても、クリスマスに予定はなかったけど」

冗談めかして言う私に、日向さんはおかしそうに笑ったあと、

「もうすぐ到着する。準備はいいか？」

と声のトーンを落として尋ねた。

「うん。がんばるよ」

「困ったことがあったら、天竜二俣（ふたまた）駅に電話ボックスがあるから俺に電話しろ。たまに家に電話するのもよし。あと、一月三日だけはオフだ。友達と遊びに行くことになっているから、その日は本当の家に戻っていい」

「家に帰ることは、依頼した人も知っているの？」

「ああ。ただし夜には戻れよ。このあたりはバスも少ないから時刻表のチェックも忘れるな。あと、くれぐれも依頼人についての調査はするなよ」

ここまで繰り返し注意してくるということは、依頼主は家族のなかの誰かということ？

言われたそばから詮索（せんさく）しそうになる自分を戒（いまし）めて、「わかった」と答えた。

「あくまで夏見加奈になりきるんだ。家族は理解していても、たとえば周りの住人なんかはわかっていないだろう。それでも絶対に、自分の正体を明かすなよ」

「でも、レンタル劇団員を雇ったことを知らない人に、夏見加奈だとは名乗れないよね？」

「そこは、演技力でうまくごまかすんだな」

ごまかす、って言われても……。なんだかまた不安がにょきっと顔を出してくる。

「もしも……。もしも、だよ？　私がレンタル劇団員ってことがバレたらどうなるの？」

「そしたらジ・エンド。レンタル劇団員もうちの劇団も終わることになる」

「責任重大すぎるよ」

私に運命がかかっているなんてちっともうれしくないし、むしろ緊張しかない。

「結菜の演技は憑依型だ。しっかりと夏見加奈になりきればうまくいく。俺はそう信じてるから」

「柊ユキさんみたいになれるのかな」

つぶやけば、コンビニで拓也と話したことが頭に浮かぶ。役に身を任せ、自分なりの命を吹きこむ……。

そんなこと、本当にできるのかな？　できるとしたらどうやって？　不安ばかりが胸に広がっていく。

もう一度だけ、柊ユキさんが書いてくれたブログを読みたいけれど、車はバス停の横で無情にも停車した。

左にはなだらかな上りの坂道が続いている。右に見える山のふもとには神社の鳥居（とりい）がさびしげに立っていた。見渡す限り、まばらに家があるだけ。

同じ市内でもこんな場所があるんだ……。

「ここが最寄（もよ）りのバス停だ。横の坂道を上れば夏見家がある。大きな家だからすぐにわかる」

ドアを開けて外に出ると、私が住んでいる町よりもずいぶん寒い気がした。まるで雪でも降りそうなほど。

「じゃあ、行ってきます」

「ああ」

荷物はそれほどなく、バッグの中身のほとんどは下着だ。服は加奈のを使うそうだけど、サイズが合うのか心配なところ。

なだらかな坂道の先に家の屋根が見えている。少し高台にある家ということだろう。

指先が寒くて震（ふる）える。ううん、緊張で震えているんだ。けれどこれは舞台じゃない。台本もないし、明確なラストシーンすらない芝居なのだ。

「おい」

声に振り向くと運転席から日向さんが顔を出していた。ニヒルな笑みを浮かべている。

「深呼吸。しっかりと結菜の演技を見せてやれ」

うん、と声にはせずにうなずいた。

片手を挙げたまま走り去る車を見送る。

まずは……バス停の時刻表をチェック。帰りはバスで天竜二俣駅まで出るってことらしい。一月三日は祝日だが、正月は別の運行スケジュールがあるみたい。時間を頭に入れてから歩き出す。

坂道はそんなに長くはなく、すぐに目的地である夏見家の外観が姿を現した。資料の写真に載っていたからすぐにわかる。

よくある二階建ての一軒家。建ったのはかなり昔なのだろう、屋根瓦が存在を主張する日本家屋ってとこだろうか。両隣には家はなく、坂道が右奥に続いている。

門の前に立ち、もう一度深呼吸をした。

いよいよはじまるんだ……。

まだ震える指先をギュッと握り締めたときだった。

「すみません」

すぐうしろで声がして、

「ひゃ！」

思わず声をあげてしまった。振り返ると女性が立っていた。

帽子にサングラス、体を覆うような黒いコートを着ていて、年齢はよくわからない。どう見ても怪しい恰好の女性に思わず二歩下がった。

「あ、すみません。驚いてしまって……」

ヘラっと笑うけれど、女性は口をへの字に結んだままで夏見家を見あげた。

「あなた、この家に用事があるの？」

「え、ああ……」

なんと答えていいのかわからずにモゴモゴと答える。いきなりこんな展開になるなんて思いもしなかった。袖から急に舞台に突き出されたみたいな気分。

「ここは夏見さんの家でしょう？　なんの用事なの？」

詰問するような言いかたは、友好とは程遠い。これはいきなり演技力が試されていると思ったほうがいいだろう。

つまり、ここからが舞台の本番なんだ。

夏見加奈として演技をしなくちゃいけない……。怪しまれないように切り抜けるためにはどうすればいいのだろう？

考えるそばから演じるべき役柄が頭に浮かんでいた。

バッグを地面に置くと、私はしゅんとうなだれてみせる。

「スマホを落としたんです」

「スマホ？」

「それで探しているところなんです。さっきこの辺を歩いたから……どうしよう、ない」

不安げにあたりを見回す。実際に手元にスマホはなく、今ごろ車のなかでバウンドしているだろう。

女性はハッとしたように体の力を抜いたかと思うと、

「そうだったのね。急にごめんなさい」

恥じるようにうつむいた。私よりも年齢は上。声の感じから、おそらく二十代半ばくらいに感じた。

「あの、何かご用ですか？」

あどけない顔を意識する私に、女性は首を横に振った。

「ちょっと調べているだけなの」

「……探偵さんとか？」

見た目のイメージから尋ねると、女性は「プッ」と噴き出した。

「実は、新聞記者なの。あ、このことは内緒ね」

「はい」

素直にうなずきながら、視線はスマホを探すように地面をさまよわせた。

「一緒に探してあげたいんだけど、時間がなくって」

さっきよりやわらかい口調になった女性が、「ごめんね」と言い残し去っていく。

……新聞記者が夏見家を調べている？

一体なにを調べているのだろう。

女性の姿が坂の下に消えるまで見送ってから、改めて夏見家を観察する。

門のインターホンの横側には、車が五台は停められそうな広い駐車場があり、今は、車は一台も停まっていない。

門を開き中に入る。駐車場を左手に、石畳の道を進むと庭が見えてきた。緑の芝生の奥には花壇があり、手入れされた木がある。

坂道の上には数軒の日本家屋が見えている。近所の人に見られる可能性は高いだろう。期間中、外出するときは注意しないと怪しまれてしまいそう。

ふいに拓也の顔が浮かんだ。

今ごろ高校の演劇部で練習をしているのだろうか。どんな劇のどんな役をやるんだろう。

しばらく会えないんだ、と思えばさみしさが顔を出す。

幼いころから一緒にいたのに、どうして好きになっちゃったんだろう……。拓也のいない劇にひとりで出演するなんて、あまりにも不安だ。

それくらいいつもそばにいて、いつも同じ目標に向かってがんばってきたから。

そっか、私はずっと拓也に支えられていたんだな……。

「ダメ」

あえて口にして感情を抑えた。

これからはしっかりと演技に集中しなくちゃいけない。それも舞台に出る数時間だけじゃなく、何日も。

もう一度大きく深呼吸をした。舞台に出る前にするおまじない。吸いこむ息とともに役柄を吸収し、吐き出す息と一緒に緊張を体から追い出す。

何度も繰り返せば、やがて私のなかに役が染み渡ってくる。

もう寒さも感じない。

——そして、私は『夏見加奈』になる。


玄関を開けて靴を脱ぐ。自分の家じゃないにおいがしている。

「ただいまぁ」

加奈は明るくて家族からも人気者。誰よりもよくしゃべりよく笑う。資料を読みこんだおかげで、彼女のイメージが言葉や動きになっていく感覚があった。

間取りは頭に入っている。普通の一軒家より少し大きい程度だ。

廊下を進み、左にあるドアを開けるとそこはキッチンとリビングがある場所。写真を何度も見たからだいたい把握できている。でも、実際に見てみると、キッチンと言うよりは台所。リビングと言うよりは居間、という雰囲気だ。リビングの向こうには襖があり、和洋折衷の造りらしい。

でも、資料には『キッチン』『リビング』と記してあったはずだから、言いかたもそれに倣ったほうがよいだろう。心のメモに上書きをした。

リビングのソファにちょこんと座り、テレビを観ている高齢の女性がいた。

「ただいま、おばあちゃん」

「あら」

今気づいたようにこっちを向くおばあちゃんに、また緊張で体が固くなる。おばあちゃんが私を加奈だと思ってくれるかどうか……。

レンタル家族のことは家族も承知の上だとは聞いているけれど、目的がわからない以上、どこまで理解してくれているのか謎だから。

舞台ではすぐに役柄に没頭できるのに、相手の反応がわからないせいで、なりきれていない、と思った。

「お帰りなさい。早かったね」

柔和な表情でおばあちゃんがゆっくり立ちあがった。名前は夏見美船。ホッと息を吐きそうになるけれど、ぐっと呑みこんで我慢する。

「疲れたろ？　ジュース飲むかい？」

ひとつにまとめた白髪がよく似合っている。

「あ、うん」

「雨が降りそうな天気だね。最近は雨ばっかりだら」

遠州弁で言うと、おばあちゃんは冷蔵庫からジュースを取り出してくれた。

私が加奈であることをまったく疑っていない様子。

レンタル家族だと理解しているからなの？　それともよくわかっていないの？

資料では七十五歳と書いてあったっけ。腰も曲がっていて、歩くのも大変そうに見えるのに手際よくグラスにジュースを注いでくれた。

「ありがと」

ありがとうの「う」を省略するのが加奈の話しかたの特徴。『ありがと』『そうでしょ』『おはよ』などなど、何十回と練習したので身についている。

「沙也加ちゃんも帰ってるよ。翔くんは部活かねぇ」

「お兄ちゃんは部活ばっかだもんね。今日も遅いんじゃないかな。って、お母さんはどこに行ったの？」

「買い物やて。すぐ帰ってくると思うけどね」

実際になかに入ってみるとやはり建物自体はそんなに大きくない。庭や駐車場の広さに合ってない気がした。

資料によると元々はおじいちゃんとおばあちゃんが住んでいたが、おじいちゃんが二十年前に亡くなったのを機に、息子家族が同居をはじめたそうだ。

つまり加奈にとっては生家になる。

「加奈ちゃんは、あれかいね」

ソファに浅く腰かけたおばあちゃんがテレビに目をやったまま言った。

「あれ、って？」

聞き返しながらキッチンの椅子に座ってジュースを飲むとやけに酸っぱい。そっか、おばあちゃんは梅ジュースづくりを毎年六月にしていると書いてあったっけ。もう十二月だけど、半年間も持つものなのかな？

「冬休みはなにか用事あるのかね？」

おばあちゃんがまあるい声で聞いてきた。

「別にないよ。家でダラダラするだけ。あ、でも友達には会うかもねー」

私が絶対にしないしゃべりかたにも抵抗はなかった。大丈夫、少しずつでも加奈になっていければ……。

キッチンにある六人掛けの大きなテーブルに手を置いて足をぶらぶらさせる。

「そうかねそうかね」

ほくほくとした笑顔、とでもいうのだろうか。写真で見たときもやさしそうに思えたけれど、実際に会ってみるともっと感じがいい。

「でも、冬まつりは行くだら?」

「冬まつり?」

思わず聞き返してしまった。だって、冬まつりの情報は資料のどこにも載っていなかったから。今の場面では、知ったかぶりでうなずくべきだった。

焦る私に気づくことなく、おばあちゃんは笑みを浮かべたまま私を見た。

「『天竜冬まつり』やて」

「ああ、そのことか。もちろん行くに決まってるでしょ」

正しい返答かどうかわからないまま合わせることにした。あとでスマホで調べよう。って、スマホは手元にないんだった。

「神主さんがね『今度も家族全員でおいで』って。おばあちゃん、腰が痛いから行かないつもりだったんだけどねぇ」

テレビに目をやったまま困ったような顔をしている。神主というのは、車を降りたとき右手に見える山にあった神社にいる人のことだろうか。たしかにあの山道を上るのはきつそうだ。

「そんなこと言わないで。みんなで行くの楽しみにしてるんだからね」

加奈ならきっとそう言っただろう。

「考えておくよ」

「ごちそうさま。部屋にいるね」

さっさと逃げることにした。体勢を整えて自分と作戦会議をしないと。たった数分の会話でも、ぐったりと疲れているのがわかる。

流しにグラスを置いてリビングを出た。

こういうことが、これから何度も起きるのだろう。

階段を上ると二階には四つの部屋がある。手前から私、兄である翔、姉の沙也加、そして両親の寝室。おばあちゃんは足が悪いので一階の日本間が自分の部屋らしい。

部屋のドアを開けようとしたとき、ふたつ隣の部屋から沙也加と思われる女性が出てきた。

長い髪の沙也加は、姉弟のなかで最年長にあたる大学四年生と資料には書いてあった。社会人といっても通用するほど大人っぽい雰囲気で写真とは少し印象が違う。

私に気づくと歩き出した足をキュッと止め、文字どおり固まった。

「え……」

驚愕（きょうがく）、というかありえないものを見てしまったかのように瞳が開かれている。

大丈夫、私は加奈になりきれているはず。

「お姉ちゃんただいまー」

「加奈……？」

ごくりと喉（のど）が動くのが見えた。近くで見ると色白で、切れ長な瞳が印象的。

「なに言ってんの。おねえちゃん寝ぼけてんの？」

あはは、と笑う私に、沙也加はハッと視線を下に向けてから、

「急に立ってるから」

とぶっきらぼうに言った。『急に立っているから驚いた』ということだろう。資料のとおり、ぶっきらぼうで人見知りな性格みたい。

「外すごく寒かったよ。ね、雪が降ると思う？」

「知らない」

そっけなく言うと、沙也加は下へおりて行った。

こういう反応になるよね。だって、妹が別人になって現れたのだから。

部屋のドアを開けると、そこは女子らしさ満載の部屋だった。ベッドは掛布団もシーツも薄いピンク色。部屋の隅に置かれている机はオレンジで、壁紙は淡いブルー。ささやかにカラフルな部屋だ。モノトーン好きな私とは真逆な好みらしい。

クローゼットのなかも同じく、私では絶対買わないような服がハンガーに吊るされている。これを着なくちゃいけないんだ……。

ブルーのニットカーディガンとモスグリーンのパンツに着替えた。幸い、サイズは同じMサイズだったので安心する。

「私はこの部屋が好き」

つぶやく声を思考に変え、頭に体に染みこませる。

ドアを背もたれにして絨毯に腰をおろした。ふわふわの毛先を手でなぞりながら、改めて部屋を見回す。

うん、大好きな私の部屋だ。ベッドと机、洋服ダンスがあるだけで余計な物は一切置かれていない。逆に机の上は物であふれている。たくさんの写真立てが飾られていて、壁にまで貼ってある。

友達と腕を組む加奈、神社の境内でピースサインをしている姿。おまつりのときのものだろうか、りんご飴を手にしている写真まである。どの写真にも加奈の笑顔があふれていた。

ふと、机の上になにか置かれてあるのに気づいた。

椅子に座り手に取る前に気づいた。

「これって……」

表に毛筆で『杉崎結菜様』と記されている。

前に家に届いた封書と同じだと気づき、慌てて封を開いた。

杉崎結菜様

ようこそ我が家へ。

これからあなたは夏見加奈として生活をしていただきます。

渡した資料を思い出し、本物の加奈になってください。

この手紙は読んだら細かく刻んで捨てるようお願いいたします。

依頼人

手紙を読み終わると、もう一度読み直してから指示どおり細かく破った。そのまま置いておけば、ほかの誰かに見つかる可能性もあるだろうし。

「非現実すぎる」

つぶやいてから引き出しの中身を確認すると、ファンシーな文房具が整理されて並んでいた。

おばあちゃんは私が加奈だとすぐに信じてくれた。

沙也加はまるで逆だ。ふたりの反応の違いはなんだろう？

依頼の内容については調べてはいけないことになっているけれど、どうしても気になる。本物の加奈はどこにいるのだろう？

どこか遠くにいるってことだろうか。それは、入院かもしれないし、留学とかもありえる。

どちらにしてもこの家には住んでいないということだ。そうじゃないと、あの沙也加の反応は説明できないし、そもそも、レンタル劇団員を雇（やと）ったりしないだろう。

ああ、考えないようにしても勝手に推理（すいり）をはじめてしまう。

手紙で今言われたところなのに、全然、夏見加奈になりきれていない。

「しっかりしないと」

目を閉じ、呪文のように唱えた。私は夏見加奈だ、と。

玄関のドアが開く音が聞こえ、「ただいま」と女性の声が続く。

きっと、買い物に出かけていたお母さんが戻ってきたのだろう。

——どうしようか？

迷いつつも、部屋から出た。家族仲のよい彼女ならきっとそうしただろうし。

階段をおりてリビングに通じるドアを開けた。

「お母さん、お帰りなさい」

この場合の台詞としては落第点だろう。家のなかで『お母さん』とわざわざつけることはないだろうから。

エコバッグから買ったものを取り出していたお母さんは、私を見るなりギョッとした顔を一瞬浮かべてから、

「あら、帰ってたのね」

とごまかすように冷蔵庫に向かった。

「さっき帰ったとこ。あれ、お姉ちゃんは？」

「外で会ったわよ。夕飯までには戻るんですって。大学生は呑気ねぇ」

「ふうん」

お母さんである頼子(よりこ)は四十七歳。細身(ほそみ)なのは本当のお母さんと同じだけど、髪はこめかみのあたりに白いものが混じり、無造作(むぞうさ)にひとつに結(ゆ)わいてある。化粧(けしょう)っ気(け)もなく、年齢よりも上に見えた。

私の顔を見ないようにしているのがわかったし、それが正しい反応だと思った。もしも自分の家に見知らぬ女子が帰って来たらと考えると、誰だって戸惑うだろうし。

「加奈ちゃん」

おばあちゃんが呼ぶので「ほい」と答えてソファのほうへ体を向けた。

「ほら、雨が降ってきたよ」

窓辺に行くと、さっきよりも暗い空から細い線のような雨が降り出していた。おばあちゃんだけは私が加奈だと信じているみたい。

「ほんとだね。雪にならないのかな」

「天竜市はあんまり雪が降らないからねえ」

お茶をずずっと飲むおばあちゃん。キッチンに立つお母さんが「あら」と笑った。

「お義母(かあ)さん、もう天竜市はないんですよ。ずいぶん前に浜松市に編入合併(へんにゅうがっぺい)されたじゃないですか」

「そうだったかね?」

「二〇〇五年とかじゃなかったかしら。加奈、覚えている?」

「知らない。てか、そんな時期って私まだ赤ちゃんじゃん」

窓に背をくっつけて言うと、お母さんは宙に目をやって指を数えた。

「たしかにそうね。最近のことだと思ってたわ」

「それだけ歳を取ったってこと」

意地悪く言うと、お母さんはぷうと膨れた。

「年齢の話はやめてよね。これでもまだ若いつもりなんだから。それより冬休みの課題はやったの? 加奈はいつもギリギリになって焦るんだから、先にやっちゃいなさいよ」

おっといけない。矛先が変わったようだ。

「まだやってないけど大丈夫。冬休みがはじまったばっかりだし」

「そんなこと言ってると、あっという間に終わっちゃうんだから。まだ晩ご飯の準備、時間かかるからやってきたら?」

「はーい」

おどけた口調で答えてからリビングを出た。そのまま二階にあがり部屋のなかへ。

ドアが閉まると同時に、舞台袖に引っこんだ気分になる。

難しい……。

自然な演技を心掛けるほどよくわからなくなってしまう。

資料がないから確認しようがないけれど、今のところは加奈として振舞えていると思う。観客の少ない舞台は反応がわかりにくくて困るな……。

「冬休みの課題って言ってもなあ」

机の横に置かれたグレーのバッグが目に入った。加奈にしては渋い色のバッグは、手に取ると通学バッグであることがわかった。

表に『天竜二俣高校』とプリントされており、開けると教科書の表紙が見えた。うちの高校とは使っている教科書は違うみたい。

中身を取り出すと、そのなかから『冬休みの課題』と書かれたA４の紙とテキストが出てきた。

机の上に出してみると、名前のところに夏見加奈の署名があった。丸い文字が加奈らしい。確実に私の字よりもきれいなのが悔しいところ。パラパラめくると、いくつかやりかけてあるものもある。

どっちにしても、この続きを私がやらなくちゃいけないのはたしかなことだろう。

二度も課題をする羽目(はめ)になるなんて、これは日向さんにあとで別途請求をしなくちゃ、やってられない。


誰かが名前を呼んでいる。

私じゃない、誰かの名前。

誰かが誰かを呼んでいる。「加奈」「加奈」って何度も。

そこでようやく目が覚めた。

トントン。

ノックする音に「はーい」と答えるとドアが開いた。

顔を覗(のぞ)かせたのは沙也加だった。

絨毯で寝ている私を見て、少し驚いたように瞳を丸くし、すぐ無表情に戻った。

「ご飯」

「あ、うん。すぐ行くね」

「寝てたの？」

「へへ。冬休みの課題やってたら眠くなっちゃった」

上半身を起こすと同時に、沙也加はドアを閉めて行ってしまった。

いつの間にか夜になっていたらしく、薄暗い部屋にはまだ降り続いている雨の音だけが遠く聞こえていた。

疲れているのかまだ眠い。目を閉じればそのまま眠りに堕ちそうで、「よし」と声にして起きあがった。

私の名前は夏見加奈、と心でつぶやき部屋を出た。

階段を一段ずつおりながら気持ちを整える。毎回部屋から出るごとに役になりきらなくてはならない。

ああ、初日というのにすでにつらい。

キッチンのテーブルにはおばあちゃんと沙也加、そしてお父さんが座っていた。

お父さんの名前は勝彦で年齢は五十歳。ふくよかな体に線のように細いたれ目。写真で見たのと同じで、どう見ても人が好さそうだ。

「あ、お父さん。お帰りなさーい」

私の声にお父さんは私の顔を見た。一秒後、いや、三秒経ってからくしゃっと笑ったお父さんに私もほほ笑み返す。

「ただいま。寝てたんだって？」

「なんだか眠くって床で寝ちゃってた」

「はは。寒かったろ、風邪引かないようにしないとな。年の瀬に風邪を引いたら、それこそ悲劇だ」

もう自然な会話になっているお父さんに安心する。

加奈の席はおばあちゃんと沙也加の間の席だ。向かい側にお父さん、お母さん、まだ帰宅していないお兄ちゃんである翔が座る予定。

今日はお鍋だ。カセットコンロの上で鍋に入った具材がリズムを取っている。目の前の器にはポン酢が入っていて、我が家のゴマダレとは違った。

「翔はまだか？」

尋ねるお父さんに漬物の入った皿を渡しながら「ええ」とお母さんがうなずいた。

「もう帰ってくるころなんだけど、先に食べちゃいましょうか」

「だな。お腹すいちゃったよ」

お父さんの合図でみんなが箸に手を伸ばした。

沙也加はあいかわらずぶすっとしているけれど、これが彼女の普通の態度。元々あまり口数が多いほうじゃないらしい。

「加奈は冬休み、なんか予定あるのか？」

はふはふと豆腐を食べながらお父さんが尋ねた。

「え、ないよ。全然ない」

醬油味のだし汁を飲んだ。薄味でやさしい感じ。ポン酢につけると程よいうま味にさらに食欲がわく。

「なら寝正月だな。いいぞ、寝てばっかの正月は」

ひとりだけ丼に入れた白米をバクバクと食べるお父さんに、

「勝彦」

おばあちゃんが口を開いた。

「そんなこと言って、前の正月は初詣にも行かなかっただら。ねえ、頼子さん」

話を振られたお母さんが大きくうなずく。

「そうですよ。あれだけ張り切っておいて、ひとりだけ酔っぱらって寝ているんだもの」

「今度のお正月は、初詣が終わるまで酒は禁止。ええな、勝彦」

「おいおい、本気かよ。なあ、加奈もなんとか言ってくれよ」

助けを求めるお父さんにお手あげのポーズを取ってみせた。

「残念でした。私だって初詣行きたいもん。お酒なんて帰ってきたら飲めばいいんじゃない？」

「なんだよ、みんな冷たいなあ」

久しぶりの家族の団欒。顔を合わせればいがみあってばかりの本当の家より、ずっと温かくてやさしい空気がある気がした。

楽しく会話をしながらの食事って、すごく美味しいね。

なんとか最後まで演じられそう。そんな小さな自信がお腹のなかで生まれていた。

そのとき、玄関のドアが開く音が聞こえた。

「あ、帰ってきたわ」

キッチンに向かうお母さんを見ながら小さく深呼吸をした。

高校二年生である兄の翔が帰ってきたんだ。これで家族が全員揃うことになる。

翔は加奈と同じ高校に通う二年生。サッカー部に所属していて、成績も優秀。けれど人懐っこい性格のおかげで男女ともに人気がある。資料にあった写真のなかでほほ笑む翔はたしかにやさしそうに思えた。

リビングのドアが開き、

「ただいま」

と翔が顔を覗かせた。

「遅かったのね。先に食べちゃってるわよ」

お母さんの声。

「お帰り。肉はまだたんと残ってるからな」

お父さん。

「あんた、夜中に音楽聞くならヘッドフォンしてよね」

お姉ちゃん。

彼らの……家族の声が遠くで聞こえる。

なにか言おうとしても私の口は動いてくれなかった。

手を洗った翔がだるそうに正面の空いた席に腰かけるのを、私はぽかんと口を開けて見ていることしかできない。

なにが……どうなっているの？

正面の席につくと翔は、

「お、今日は鍋か」

と、鍋を覗きこんでいる。湯気(ゆげ)に薄れる翔。はじめて会うはずなのに、私はこの顔も声も知っている。

「加奈の大好物だもんな」

翔が私を見て目を細めた。

翔は――拓也だった。

第三幕

# 暮れゆく町に光るもの

The IF of that day when I found with you

朝から机に向かっているけれど、この一時間で解いた問題は三問だけ。

理由はいくつでも思いつく。表紙に書かれた『夏見加奈』の文字がきれいなこと、高校が違うので冬休みの課題の内容がまったく別であること。

ううん、そんなことよりも……。

パタンとシャープペンシルをノートに転がした。

集中できない一番の原因は、昨夜のショックをまだ引きずっているからだ。

兄である翔が、拓也だった。同じ劇団員で片想いの相手が兄だなんて……。

不思議なもので、最初は『あ、拓也だ』とぽかんとした。一秒後には『なんでここにいるんだろう?』。直後にすごい衝撃が一気に押し寄せ、思わず悲鳴をあげそうになった。

一体なにがどうなってるの? 視線は拓也にロックオンしたまま、酸素を求める金魚のように口をパクパク動かすことしかできずにいた。

私の前の席についた拓也は、湯気をもうもうと生む鍋から私に視線を戻した。

『加奈の大好物だもんな』

いつもよりも丸い空気をまとう拓也に気づくと同時に、これが彼の演技であることにも気づいた。そうだ、私も演技をしている最中だったんだ……。

すうと息を吸いながら言葉を選ぶ。

『な、鍋はヘルシーだしね』

目は泳ぎ、声は上滑りしていた。今思い返しても、ここ数年でもっともひどい演技だったと思う。

お兄ちゃんが大好きな加奈。スポーツマンらしく、さっぱりした翔。感情をあまり表に出さない沙也加。そしてほがらかな両親。やさしいおばあちゃん。

お互いを探り合うのも禁止されているから聞くこともできず、朝まで浅い眠りを繰り返しただけだった。

朝食のときに再度顔を合わせたけれど、眠い演技で乗り切るしかなかった。だって、こんなに動揺している。

……なんで拓也がここにいるの？

私と拓也が兄妹を演じるってこと？

彼への恋心を忘れなくちゃと思っていたのに、目の前にいるんじゃあ意味がないどころか逆効果だ。

「あれ？　待って……」

一晩経ち、ようやく思考が動き出した感じがする。

拓也がここにいるならば、本物の翔はどこにいるのだろう？

そういえば、私は拓也のことはなにも知らない。拓也という名前は実は芸名で、本名が翔だとか？

すぐに脳が『違う』と判断する。拓也には父親がいないはず。高校でも、サッカー部じゃなく演劇部に所属している。それに資料にあった写真は別人のもの。となると、拓也も私と同じようにレンタル劇団員としてこの家に派遣されたことになる。

ああ、もうなにがなんだかわからない。

これ以上考えても仕方ないし、詮索するのは契約に反する。

課題を切りあげて一階におりると、誰の姿もなかった。庭でおばあちゃんが花壇の手入れをしているのが見えた。

深呼吸をする。

そう、私は女優。舞台にトラブルはつきものだし、これまでもうまく乗り越えてきた。今回だってうまくやれるはず。

自分に言い聞かせても魔法は効かないみたい。それでも加奈として行動するしかないわけで……。

庭へ通じるガラス戸を開け、サンダルを履いた。

昨日の雨もあがり、薄い青空が広がっている。高台にあるおかげで天竜区の町並みを見下ろせる。田畑が広がっていて、ぽつぽつと家がある田舎町。向かい側には神社のある山がひとつそびえ立つだけの風景だ。

「おばあちゃん、なにか手伝おっか？」

隣にしゃがむと、おばあちゃんはシワだらけの顔をほころばせた。

「ああ、加奈ちゃんかい。大丈夫やて、枯れ葉を取ってるだけだから」

「遠慮しないの。おばあちゃん腰が痛いんでしょ。手伝うからゴミ袋ちょうだい」

そう、加奈はおばあちゃんっ子なんだ。

広い庭に落ちている枯れ葉はしっとりと濡れていた。渡されたゴミ袋は、入れるそばからどんどん重くなっていく。

「そう言えば加奈ちゃん、来年は高校二年生だね」

「あ、うん」

「進学とかは決めてるんかね？」

進学……。あれ？　資料には将来の夢ってなにか書いてあったっけ？

「まだ決めてないよ。おばあちゃんはどう思う？」

不自然にならないよう会話をつなげた。背を向けたままおばあちゃんは、

「なんでもいいら」

と言った。言葉の意図がわからずに黙っていると、よいしょと立ちあがったおばあちゃんが目を細めた。

「加奈ちゃんがなりたいものになればいい。きっとやりたいことが見つかると思うし、もし見つからなかったら直感で進学でも就職でも決めればいいんやて」

「えー、そんなふうに決めていいものなの？」

「人生なんてそんなものだよ。おばあちゃんが若いころは選択肢がなくて、親に決められたとおりに生きてきたからねぇ。でも、今はある程度は好きな道を選べる。だから加奈ちゃんものんびり構えてればええよ」

へぇ、と思った。私には女優になる夢があるし、お母さんも方向性は違っても応援してくれている。

加奈にもちゃんと味方がいるんだ、とうれしくなった。

「じっくり考えてみるね。寒いからなかに入ったほうがいいよ。ゴミ捨てもやっとくから任せて」

「ゴミの日は明日だから、門のところに集めておいといてくれる？」

「うん、わかった」

リビングに戻っていくおばあちゃんを見送ってから、また作業に戻った。自然と口元に笑みが浮かんでいる。

不安な気持ちが少しだけ消えたみたい。

一月三日の中休みまでを第一部とするならば、もう幕はあがっている。

拓也もレンタル劇団員のひとりとしてここに派遣されているのならば、彼にも口外してはいけないというルールが敷かれていたことになる。

部活の練習だなんて嘘ついちゃって……。

昨晩の拓也の演技を見抜けなかったのは悔しいけれど、その後の対応が不自然になった自分のほうがもっと悔しかった。拓也だって驚いただろうに、おくびにも出していなかった。

拓也と同じ舞台に立てるなら、私はがんばれる。迷惑をかけないようにしっかりやらなくちゃ。

役に私なりの命を吹きこむ。あの夜、拓也がアドバイスをくれたことを胸に、がんばってみよう。

事情については仕事が終ったあとでわかるはず。今は、不自然だった演技をばん回するためにも集中集中。

「できるはず」

明るい加奈の性格に少しだけ救われた気分。私のなかに生まれている加奈の存在を大きくしていこう。

ゴミ袋をふたつ持って門へ向かった。ゴミ捨て場は目と鼻の先にあるけれど、今日は収集日じゃないから出せない。

あとでゴミ出しの日もちゃんとチェックしておかないと。

向こうからジャージ姿の男子が坂道をのぼってくるのが見えた。近所の人だったらやばい。

慌てて家に入ろうとすると、

「おい！」

男子は私に向かって駆け寄ってきた。やばいやばい。

無視するわけにもいかず笑みを意識し、今気づいたかのようにふり返った。門越しに立つ男子を観察する。

私と同じくらいの歳。短髪の髪はやや茶色で、身長は少し低めだけど盛りあがった筋肉がジャージの上からでもわかる。

胸に目をやると、『天竜二俣高等学校』と刺繍してあった。

「お前……」

じっと私を見つめる男子の顔は資料にあった。たしか……大和、堤大和だ。

加奈のクラスメイトで幼なじみ、と頭に彼のデータを浮かべた。

って、やばすぎる……。

私はどの立ち位置で話をすればいいのだろう？　加奈として話をしたなら絶対に怪しまれる。たまたまこの家に遊びに来た親戚の子という設定にしようか。

　ぐるぐると考えをめぐらしていると、

「なんで昨日来なかったんだよ」

　大和が太い両腕を組みつつ口を尖らせたので、目を丸くしてしまう。

「スマホも電源切れてるし、実莉も困ってたぞ。連絡くらいしろよな」

　眉をしかめている。なにか言わなくちゃと口を開きかけて、閉じた。今は余計な台詞を挟むタイミングではないと判断したから。

「どうせいつもみたいに寝てたんだろ？」

「えっとね……寝てた」

　片方の口角をあげる大和の声に怒りは含まれていない。

　おずおずと言うと、彼はくしゃっと笑った。あふれるような笑顔に、私も照れ笑いを浮かべた。

「加奈は眠り姫だもんな」

「ほんと、ごめんね」

「いいよ。もう俺ら慣れてるからな。そうそう、実莉が部活のあとヒマみたいでさ、公園集合になってる。あとでメールするわ」

「わかった。あ……でもさ、実はスマホ壊れちゃったんだよね」

「またかよ。これで何度目だよ。だいたい加奈はスマホの扱いが雑すぎんだよ。早く直せよ」

なんとか会話にくらいつくけれど、背中は冷や汗でびっしょりだ。

パニックに陥りそうな自分を必死でこらえていて、ギリギリの状態なのがわかる。

劇団の練習で即興の芝居をすることはあっても、現実だとこんなに難しいものなんだ……。

大和は「そうだな」と宙を見てから、

「じゃあ五時にしよう。実莉には俺から連絡しとくから」

そう言ってくれたのでうなずいた。

「わかった。五時ね」

「翔先輩ってもう戻ってきた?」

「え? あーまだかな」

「そっか。俺、ちょっと練習でやらかしちゃってさ。いたら謝りたかったんだけど、まあいいや」

翔先輩? ってことは大和は翔と同じサッカー部ということか。資料には大和の部活までは載っていなかったと思う。いや、不必要な情報だと思って読み飛ばしただけかも。

どんどん提示される新しい展開に、なんでもないようにうなずいた。

「じゃあ、またな」

駆けていく大和がすぐに見えなくなる。同時に門柱に手をついて大きく息を吐き出した。ようやく冷静に戻った頭で考える。

今のは……どういうこと？

大和は私のことを『加奈』と呼んでいた。髪型を似せたとはいえ、それほど加奈に似ていないのは私が一番わかっている。そもそも、大和や実莉は加奈の近所に住んでいる幼なじみだ。

なのに、なぜ気づかないの？

すぐに家の中に入る気になれずじっと考えこんでいると、一台の白い軽自動車が坂道をのぼってきた。ナンバーを見て、資料にあったこの家の車だと確認する。

運転席に座っているのはお母さんだ。そのまま前向きで駐車すると、よいしょと地面に降り立った。

「ちょうどよかったわ。荷物おろすの手伝ってくれる？」

「はあい」

ひとつ終わったと思ったら、もう次の登場人物が現れてしまった。後部座席に置いてある買い物袋をおろしキッチンへ運ぶと、おばあちゃんもやってきた。

「あとはやるからいいよ」

おばあちゃんに言われたのでリビングのソファに座る。

えっと、こういう時間の加奈の過ごしかたは……テレビゲームだ。

昔は私も熱中してやった記憶があるけれど、中学のとき以来触っていない。スマホがあればテレビゲームの操作もわかるのだろうけれど、それもないわけで……。適当に触っているうちに、なんとかゲームの画面が表示された。

加奈が好きだと書いてあったゲーム。

画面に主人公の男性が現れた。前回の続きなのだろう、一面緑色の土地が広がっている。

熱中していたころに比べてもグラフィックに進化は見られない。

大きなフィールドに放り出され、あてもなくさまようようなゲーム。なんだか今の自分みたいに思えた。

こんなに不安になってしまうのは、このゲームのように目的地がわからないからかも。

また思考に堕ちていたことに気づき、コントローラーを握り締める。

余計なことを考えずに集中しなくちゃ……。

「お義母さん、昼ご飯どうしましょうかね?」

食材を冷蔵庫にしまいながら尋ねるお母さんに、

「おうどんはどうかね？　こないだの油揚げがまだ残ってなかった？」

おばあちゃんは答えつつ、一緒になかを覗きこんでいる。

「ああ、たしか残ってました。今日は三人きりだし、うどんにしましょうね。加奈、それでいい？」

お母さんの声に「えー」と画面を見たままで答える。

「じゃあ、カレーうどんにしてよ」

カレーうどんは加奈の好物だ。

言われるのがわかっていたのか、お母さんは「ふふ」と笑い声をこぼした。

「じゃあ、加奈はカレーうどんね。私はおにぎりも食べようかしら」

「ダイエットはどうなったの？」

チラッとお母さんを見ると罰が悪そうに唇を尖らせている。すかさずおばあちゃんが炊飯器の中身をチェックしている。

「少ししか残ってないから食べちゃいなさいな。加奈ちゃん、女性はね、少しふっくらしてるくらいがいいんやて」

「さすがお義母さん」

はいはい、と画面に目を戻すと、見た目はかわいいモンスターに主人公がやられてる最中だった。

必死で操作をしている間も、お母さんとおばあちゃんは世間話かなにかで盛りあがっている。

この家族は仲がいいんだろうな。

なんだか本当の家族とは大違いだ。顔を合わせればケンカばかりだし、今や離婚寸前までできている。

夏見家に生まれていれば、私ももっと幸せだったのかもしれない。

そんなことを考えている間に、テレビには『GAME OVER』の赤い文字が浮かんでいた。

天竜二俣公園は、家から歩いて五分の場所にあった。といっても、さらに坂道をのぼった上にあるから到着したときには冬なのに額(ひたい)が汗ばんでいた。

加奈はこの場所がお気に入りで、昔からよく来ていたそうだ。たしかに、高台にあるおかげでまばらな民家の向こうにある山が美しく見えたし、空も大きく感じた。同じ浜松(はままつ)市とは思えないほど自然豊かな景色だ。

「眠り姫の登場だ」

見晴らしのいいベンチで手を振る大和が見えた。隣には資料にあった久米(くめ)実莉があきれ顔で私を見ている。

三人は幼なじみで、昔から仲がいい。設定を頭に叩（たた）きこんでから、

「ごめんね」

と近づいた。

「やっと来た。遅いじゃん」

「なんかさ、冬に弱いんだよね。いくら寝ても寝たりない」

ベンチに座っている二人の間に座ると、実莉はおかしそうにクスクス笑った。

「あんたは寝すぎなの。部活も入ってないし、そりゃヒマだよ。最近太ったんじゃない？」

歯に衣（きぬ）着せぬ言いかたの実莉は、テニス部に所属している。もっと真っ黒に焼けているかと思ったけれど、あまり私と変わらない肌の色だった。ショートカットのはずがボブカットよりも少し長くて、写真で見るより女性らしい印象だった。

「ほんと、大反省してる」

しおらしく口にすると、

「まあ、寝ちゃったものは仕方（しかた）ない。許すとしよう」

白い歯を見せて実莉がほほ笑んでくれた。

実莉もまた、大和と同様に私のことを加奈だとして話をしている。次はなにを言えばいいのだろう……。戸惑（とまど）う本当の自分を意識の外に追いやると同時に、空が赤

く燃えていることに気づく。

昨日の雨とは打って変わって、まだ夕焼けが空に残っている。風もなく、空には置き去りにされた薄い雲が浮かんでいた。

「あー、今年ももう終わりだなんて信じられない。一年って早すぎない？」

嘆くように言った実莉に、

「本当にあっという間だね。気づけばおばあちゃんになってそう」

同意を示した。

「だよな」

大和は伸びをしてから腕を組んだ。

「青春なんて一瞬だな。そういえば、聖人のやつ、高校出たら東京に行くってわめいてた」

聖人……？　ああ、大和と同じサッカー部の男子のことだ。中学校までは同じクラス、同じ高校に入ったけれど、今は別のクラス。家は、ここから五分程のところにある。

「聖人は昔から都会に憧れていたもんね」

頭で資料に書いてあったことを思い出しながら話す。

「タレントになって、ゆくゆくはテレビのコメンテーターになりたいんだってさ。

そういうのって、東京に行けばなんとかなるものなの？」

　実莉の質問にあいまいに首をかしげた。

「どうだろう。よくわかんないや」

　この答えが正解だと思う。加奈はゲームは好きだけどテレビはあまり見ないらしいし。

「あれ、でも翔先輩は俳優志望じゃなかったっけ？」

　正解じゃなかったらしい。そういえば兄である翔はサッカー部に所属しているけれど、将来は俳優になりたいと書いてあったっけ。

　難問ばかりのクイズ大会に出場しているみたいで、頭の整理が追いつかない。

「じゃあお兄ちゃんに聞いてみるよ。って、聖人が直接聞けばいいのに」

「だよね。俳優になりたいくせに内気なのは変わらないまま」

　ふふ、と笑った実莉が、「でもさ」と続ける。

「組長さんが『若い子はみんな出て行ってしまう』ってボヤいてたよ。あたしたちも、そろそろ先のこと考えないとね」

　組長……。反社会的な組織を想像してしまうが、きっと自治会長のことだろう。

「俺は畳屋を継ぐから関係ない話だな」

　肩をすくめる大和。彼の実家は昔から畳屋だ。おじさんの名前は、達夫。おばさんの名前は……なんだっけ？

　大和の言葉に実莉が唇を尖らせた。

「あたしは迷ってる。東京に憧れる気持ち、なんだかわかるんだよね」

「ああ、前からそんなこと言ってたな。なんだっけ、シェフになりたいんだっけ？」

「違う。パティシエ」

「それそれ。でも、そういう専門学校ならこのあたりだってあるだろ？」

　素直な大和の質問に実莉は顔を曇らせた。

「それはそうだけど、東京にしかないものだってあるでしょう？」

「ドラマでよく聞く台詞って感じ」

「なによ、大和のバカ」

　ぷうと頬を膨らませた実莉が空を見あげた。

「ああ、誰か将来への正しい道を教えてくれればいいのにな。これを選べば正解ですよーって言ってくれればそれに従うのにさぁ」

　横顔が夕日でオレンジ色に染まっている。

　加奈は、家族にも友達にも恵まれていて充実していそう。私の現実世界とはあまりに違う。

少しずつ居心地のよさを感じだしている自分が不思議だった。

同時に、学校にいるときの自分はどうだったのかを考えた。自分からは話をしない、笑顔も見せない。そんなクラスメイトと誰だって仲良くなんかなりたくないよね……。

私が普通にしていれば、昔テレビに出ていたこともいつかは話題にのぼらなくなるのかもしれない。そんなふうに思ったのは、はじめてのことだった。

離れてみてはじめてわかることもあるんだな……。

「それよりさ、冬まつりは何時集合にする？」

大和がひょいと立ちあがると、前にある錆びた手すりにもたれかかった。冬まつりっておばあちゃんが言っていたやつだ。

あのあと、さりげなくおばあちゃんにまつりの内容を聞いておいた。天竜冬まつりは、毎年一月五日に向かい側に見える山の神社でおこなわれている。神社の名前は聞いたけれど忘れた。

参道を筒型灯籠で彩り、道を作る。本堂には何倍もの量の灯籠が置かれ、闇のなかで神社が光っているように見えるらしい。

地元の人にとっては長年続いている伝統行事らしいけれど、同じ市内なのに聞いたことがなかった。

言葉だけで聞いても、イメージがわかないけれど基本情報は理解したつもり。

「加奈んとこは毎年家族総出で行ってるもんな？」

「あ、そうだね」

「ほんと、昔から冬まつりは夏見家の最重要イベントって感じがする。よっぽど大事なんだろうなあ」

実莉が「そうだよ」とうなずく。

「加奈なんて、四年前だっけ？　熱があるのに写真だけは撮りに行くって聞かなかったもん」

そうなんだね、と心にメモをする。やはり何度思い出しても資料に冬まつりのことは書かれていなかったと思う。

「あたしんとこは今年も参加者なしだから、加奈の家族に混ぜてもらう」

「俺もそうする。じゃ、本堂あたりに七時とかでどう？」

「いいね。毎年恒例って感じだね」

ふたりが同時に私を見たから、「わかった」とうなずいた。家族ぐるみでつき合いをしているのも、この地方ならではということだろう。少しずつ、加奈として話ができている気がしてきた。

「俺、灯籠は予約しなくていいや。貴重な小遣いが減っちゃうし」

ポケットに手をつっこんでぶるりと震えた大和に実莉が不満げな声をあげた。

「一年に一回のことでしょ。それくらい買いなさいよ」

「え、まさか、お前ら予約済みってやつ？」

「へへん。あたしたちの分はミカが予約してくれるんだよん。ね？」

同意を求められて「だね」と笑みを返した。

ミカって……？　あ、資料に載ってた加奈の親友って子のことだ。写真でしか見たことがないけれど、色白のかわいい女子だった。

その後も、冬まつりについてさりげなく話を聞きだしたり、たわいない話をした。

「やばい、帰らなきゃ」

実莉の声に空を見あげると、すでに冬の空は色を落としていて、あたりは薄暗くなっていた。

公園の入り口で別れ、私たちは別々の道を辿って家へ帰る。私はふたりの姿が見えなくなるまで手を振ってから坂道を下った。

「あー」

無意識に声が漏れた。

なんとか友達として乗り切ることができた、という安堵感でいっぱいだ。

でも、と足を止める。

家族ならまだしも、どうしてふたりとも私を加奈として認識しているのだろう？

幼なじみならなおさらだ。今の会話はどれも、まるで私が加奈であるとして、交わされている。

壮大なドッキリ企画に参加しているような気分。

「ひょっとしたら、私、本当は加奈なのかな……」

そんなことを考え、すぐに打ち消す。日向さんは私の演技を憑依型と呼んでいたけれど、たしかに私生活に戻っても役柄を引きずりがちだ。オンとオフの切り替えスイッチがいつもグラグラしている自覚はあった。

舞台なら最長でも二時間程度で役が終わる。けれど、この舞台においては何日間もそれが続く。加奈になりきる時間が増えるほど、本当の自分がどんな存在だったのか忘れてしまいそうで怖い気持ちがあった。

とはいえ、今は私生活じゃない。ああ、わからないことが多すぎる。

拓也に思い切って聞いてみたいけれど、それも禁止されているし……。

やっと家が見えてくる。

帰ったら晩ご飯を食べて、今日は早めに寝てしまおう。なんにしても、契約期間である六日までは加奈としてちゃんと演じないといけないのだから。

何気なく振り返ったことに意味はなかったが、ひとりの女性が私を見てハッと足を止めたのがわかった。

薄暗いなかでも、昨日、家の前で会った女性だと気づく。

……あとをつけられていた？

恐怖で足がすくんでいる私に、女性は意を決したように近づいてきた。

「あなた、お名前は？」

「え？」

昨日会った女性だ。今日は帽子もサングラスもしていなかった。ひどく疲れた顔をしている。長い髪を無造作に結んでいて、薄化粧にピンクのリップを塗っている。

誰かに似ていると思った。たぶん、女優の誰かかな。

「さっき大和くんたちと会っていたよね？　なんの話をしていたの？」

詰問するような口調。目が怒っているように見えて、思わず唇をキュッと噛んでいた。

女性はさらに一歩近づくと、

「教えて。あなたは誰なの？」

と尋ねてくる。やっぱりなにかの調査をしているのは間違いない。そういえば、新聞記者だと名乗っていたっけ……。

どうする？　自分に問いかけると同時に答えが出ていた。

「夏見加奈です」

「な……」

動揺（どうよう）したように何度も瞬（まばた）きをし、女性は口をぽかんと開けている。

そうだよね、これが正しい反応だろう。けれど、私は彼女になりきると契約している。

「夏見加奈。すぐそこの家に住んでいます。失礼ですけれど、どちら様でしょうか？」

まっすぐに見返すと、女性は口を開けたまま視線を下げた。びゅうと風が吹き抜けると同時に、女性はひとつ瞬きをした。

「あ……いいの。ごめんなさい」

そのまま足早に坂道をおりていく。まるで幽霊を目撃した人みたいに見えた。

そして私は思う。

もしかして、夏見加奈はこの世にはいないのかもしれない、と。

杉崎結菜様

役になりきるには、あなたの個を忘れる必要があります。

さらに加奈の個も意識してはいけません。

頭を使うより心で演じるのです。

まだ舞台ははじまったばかり。

主役が動揺していては、この舞台は成功しないでしょう。

この手紙を読んだら細かく刻んで捨てるようお願いいたします。

依頼人

手紙を細かくちぎる。いくらちぎっても、まだ文字が私を責めているような気がして、さらに細かくする。

夕飯のあと、部屋に戻ると置かれていた手紙。

さっき浮かんだ『加奈はこの世にいないかもしれない』という考えが頭から離れ

てくれない。なんらかの事情で亡くなった加奈と過ごすために、家族の誰かが依頼したとすれば説明がつくよね。

でも、冬休みの課題についてはどうだろう。亡くなっているなら、ここに課題があるのはおかしいわけで……。

最近亡くなったばかりだとしたら？

……いや、さすがにそれはないだろう。だって期末テストの前には依頼が来ていたわけだし、そのころにはまだ課題は配布されていなかっただろうから。

それに最近亡くなったにしては家族が喪に服している様子もない。

逆に加奈が生きているとしたら、課題を置いていくのはおかしい。

一体どういうことなんだろう……。課題にもう一度目を落とす。

加奈はやっぱりどこかにいるってことなのかも。私に課題をやらせるために残していったとも考えられる。

よくわからなくなり、最後はギブアップ。こういう推理は禁止されているし、考えれば考えるほど、加奈になりきることから遠ざかる気がしたから。

気を取り直し、冬休みの課題を開いた。少し変わった高校らしく、読書感想文の課題まである。

「小学生みたい」

　加奈が選んだのは、私も読んだことのある有名な小説だった。去年映画化もされ、人気アイドルが主演したこともありヒットした作品だ。

　読書感想文はすでに書き終わっているらしく、折りたたんだ原稿用紙があった。かわいらしい丸文字で感想が書かれている。

　同じ小説を読んでいるなら、加奈の思考もよりわかるかもしれない。原稿用紙を手にしたとき、部屋のドアがノックされた。

「はーい」

　答えるとお母さんがたたんだ洗濯物を手に部屋に入って来た。

「あら、珍しく勉強してるのね」

「冬休みの課題してるとこ。ありがと」

　洗濯物を受け取ってから気づく。

「あ、髪の毛染めたんだ？」

　白髪交じりだった髪が、栗色に変わっていた。

「美容室、明日からしばらくお休みになっちゃうから、夕食のあと、行ってきたのよ」

　お母さんの通っている中村美容室は、学校近くにある昔ながらのお店だ。ちなみに加奈は、わざわざ浜北駅にある美容室までバスで出かけていると書いてあった。

なんかその気持ち、すごくわかる。

「中村さんのおばさん元気だった？　最近会ってないなー」

明るくてどこか幼い加奈の口調が自然にできていた。棚に衣類をしまいながら尋ねると、お母さんは目を丸くした。

「元気どころか、ずーっとしゃべり続けるもんだから口を挟む隙がないのよねえ。娘さんも名古屋から帰省されててね。久しぶりに会ったの」

「萌ちゃんが？　へー、懐かしい。旦那さんも一緒なの？」

「……さあ、どうなのかしらね」

「あの若さで結婚したときはびっくりしたけど、会社の社長さんって聞いて安心したよ。もう何年前だっけね？　萌ちゃんにも久しぶりに会いたいなあ」

ふいに部屋の空気が変わった気がした。振り返るとお母さんが戸惑ったような顔をしている。

私の視線に気づくと慌ててポンと手を打った。

「いけない。お風呂のお湯止めてなかったわ」

パタパタとドアも閉めずに部屋を出ていくお母さん。立ちあがってドアをそっと閉じた。

別に探るつもりはなかった。けれど、お母さんの今の反応にひとつの仮説が生まれていた。

ひょっとしたら、お母さんも雇われた人なのかも。

だとしたら、劇団員ってこと……？

いや、そんなことはない。私があまりに詳しすぎるから驚いていただけかも。

もしくは手持ちの情報がなく、答えに窮していたのかも。

さっき手紙で指摘されたばかりなのに、また頭で考えてしまっている。

**読書感想文　課題図書『銀河鉄道の夜』**

**夏見加奈**

最初に謝罪をします。申し訳ありません。

『銀河鉄道の夜』が課題図書なのは知っていましたし、図書データへアクセスしてきちんと読みました。

感想はひと言で言うと『おもしろい』です。

最近、サンストリート浜北にある書店に行きました。そのとき、新刊コーナーで素敵な表紙の本を見つけました。

『そして、目覚める朝に』という作品で、著者は猫村航さんです。って書きながら、私はこの作者も作品も初めてなのだけれど。

でも、表紙のイラストが私を呼んでいるみたいな気がして思わず手に取ってしまったんです。

読んでみると奇想天外な物語で、最初から最後まで夢中になってしまいました。内容は、事故で記憶を失った主人公の再生物語です。

先生は、課題図書以外の読書感想文は認めてくれないでしょ？

でも、前に『読みたいと思える本に出逢うことが大切』とも言ってましたよね？　私はその本に出逢ってしまったのです。

だから私は両方の作品の感想を書きたいと思います。

これなら規定に違反はしていない。そう信じて書きます！

どちらの作品にも共通するテーマがありました。

ともに『もう一度生きる』だと思いました。

まず新刊のほうですが――


十二月三十日は、季節が戻ったように温かい一日だった。

お父さんは今日から休みらしく、ソファでごろんと横になっている。お母さんとおばあちゃんは買い出しに出かけていて不在。

お姉ちゃんの沙也加は、家にいたりいなかったり。まあたまに会っても、あいかわらずそっけないけれど。

拓也は朝から部活で、夏見家に来てからは夜しか顔を合わせていない。

そのほうがいいと思った。

知っている人がいることで、やっと慣れてきた加奈という人物像がぐらついてしまいそう。今にも崩れそうな梯子をのぼっているような感覚だった。

その一方で、本当の私は拓也に会いたいとつぶやいている。でも私のなかに加奈が占める割合が増えているのは確実だ。

加奈という人物に憑依されるどころか、侵食されているような怖さがあった。

それでも、やり続けるしかないんだ……。

部屋に戻ってベッドでごろんと横になったまま、壁にあるカレンダーを見た。

まだ中抜けの三日まではずいぶんとある。

ちょっとした時間ができると、天竜二俣駅の電話ボックスを頭に浮かべてしまう。日向さんはなにかあれば電話するように言っていた。

本当なら今すぐにでも電話をかけ、今起きていることの報告をしたかった。同時に質問したいこともたくさんある。

「でもな……」

依頼内容が秘密であることに変わりはないだろうし、日向さんの口の堅さは劇団内でも有名だから、なにも答えてくれないのは目に見えている。

外に出て、あの新聞記者の女性に会うのも怖かった。

よいしょ、と体を起こしてから、昨夜読んだ読書感想文を取り出した。

加奈の書いた読書感想文は、彼女の人柄が文字になって表れているようだった。文章というより、話し言葉に近い書きかたで明るい性格がにじみ出ている。課題図書を勝手に変えるところなんかもおもしろいし、でも、たまたま手に取ったこの本が、今年映画化されたことが書いていなかったのは、意外だった。

まるで私と違う。

さらに、資料から伝わってくる性格とも色が違っていた。

けれど、好感の持てる人柄に、少しだけ緊張が解けた気がする。実在の人物を演じるのは難しいけれど、理解することで人物像に近づけるんだ。

私を指名してきた依頼人は、最後まで加奈として演じることを希望している。だったら、余計なことは考えずに演じないと。そう思えた。

部屋を出て一階へおりると、昼間見たのと同じ格好でお父さんがテレビを観ていた。テレビではコント番組をやっていて、観客よりも大きな声で笑っている。

「ちょっとくらい動いたら？　そのうちお母さんに怒られるよ」

冷蔵庫から牛乳を出しながら声をかけると、

「いいんだよ。だってお母さんいないし」

なんて平気な様子。マグカップに牛乳を注いでレンジで温めた。

「私がチクっちゃうかもよ」

「おいおい、やめてくれよ。たまの連休なんだからさ。お年玉に影響するぞ」

「ひどい。お父さんのこと嫌いになっちゃうかも」

げ、と起きあがるとお父さんはテレビの音量を絞った。

「これから大掃除しようと思ってたところだ。加奈も手伝え」

思ってもいなかったくせに、と苦笑してレンジから湯気を立てている牛乳を手に取る。

「私は勉強で忙しいの。てか、大掃除するならまずは庭からね。お父さんが木を勝手に植えたりしたもんだから、枯れ葉だらけになってるんだよ。おばあちゃんひとりにやらせないでよ」

「わかったわかった」

参った、という顔をしたお父さんに「がんばってね」と声をかけてからキッチンを出ると、ちょうどお姉ちゃんが帰ってきたところだった。エコバッグからはお菓子が顔を出している。

「お帰りなさい」

声をかけると、ギョッとした顔で私を見たお姉ちゃん。

「ただいま」

いつものようにそっけなく階段をあがろうとしたのでついていく。

「どこ行ってきたの？」

「友達と映画。なんで？」

そっけない口調のお姉ちゃんは階段をのぼりながらいぶかしげに私を見た。

「映画いいなあ。最近全然行けてないんだよね。前にお姉ちゃんとお母さんと観に行ったのが最後だよ」

「……そう」

「あれなんだっけ？　ディズニーの『美女と野獣』だっけ？」

「うん」

部屋に戻ろうとしたお姉ちゃんが、ふいに足を止めた。首をかしげる私に「ねえ」と気弱な声を出した。

少しの間を取ってから、お姉ちゃんは迷ったように口を開く。

「あなた……本当に加奈なの？」

「へ？　なに言ってんのさ。ほかに誰がいるのよ」

「……だよね」

「お姉ちゃん、そういう系の映画でも観てきたの？」

「別に、なんでもない」

片手で口を覆ったお姉ちゃんは、ゆるゆると首を横に振ってからエコバッグから
ポテトチップスを取り出した。

「これ、食べる？」

「わー。うれしい！　お姉ちゃんありがと」

よろこぶ私を置いてお姉ちゃんは部屋に消えていく。

私も部屋に戻って課題の続きをすることにした。

これでいいんだ、と自分を褒めたくなった。

なにかの音がずっとしている。
ピーピーという電子音は小さくても、止まったかと思えば数秒後にはまた騒ぎ、
私を夢のなかから引きずり出した。
真っ暗な部屋でぼんやりと音の主をたしかめた。
ああ、加湿器だ。水の入れ替えをしていなかったのか……。

腕を伸ばして電源を切ると、もう一度眠ろうと試みた。

しばらくは寝返りを打って過ごしていたけれど、一度去った眠気はなかなか戻ってこないので、最後はあきらめて起きた。

電気をつけるとまぶしさに目がやられそう。時計の針は午前二時半を指している。

しょうがない、と加湿器の給水タンクを手に部屋を出た。

古い家だからか、足音は想像以上に大きな音を響かせる。そろりと階段をおりると、キッチンに明かりが灯っていた。

こんな時間に誰だろう……。

そっとドアを開けると、拓也が冷蔵庫を覗きこんでいた。

「拓也！」

思わず声にすると、彼は私をふり返り眉をひそめた。

「たくや？　なんだそれ」

「あ……なんでもない」

思わず本名で呼んでしまった。せっかく昼間につかんだ演技力がするりと抜けていくようで悲しい。

「夢でも見たのか？」

「そんなとこ。で、こんな夜中になにしてるの？」

シンクに給水タンクを置き、水を入れながら尋ねると、チンと電子レンジが音を立てた。

「夜食。なんか腹減っちゃってさ」

レンジのなかから出てきたのは、冷凍チャーハン。しかも大盛りだ。ラップを取るともうもうと湯気を立てている。香ばしい中華のにおいが一気に漂い出す。

「あれだけ夕飯を食べたのにまだお腹減ってるの？」

「バカ。あれから七時間は経ってるし。成長期にはカロリーが必要なんだよ」

待ちきれない様子で立ったまま食べる拓也に呆れてしまう。

「あ、それでか。お母さんが冷凍パスタがないって言ってたけど、あれもお兄ちゃんの仕業ってことか」

「もうバレたのか。お前、チクんなよ」

ニヒヒと笑うと拓也は「食う？」と言って器を差し出してきた。

「こんな夜中に食べるわけないでしょ。これでも体重気にしてんだからね」

「へぇ。もっと太ってもいいと思うけどなあ」

「ほかの女子にそんなこと言っちゃダメだからね。すぐにセクハラ大魔王ってあだ名をつけられちゃうよ」

「ありえそうで怖いな」

はふはふしながら食べ進める拓也。みるみるうちに器に盛られたチャーハンが減っていく。まるで大食い大会を見ているみたい。

トイレを済ませたころには完食しちゃっていた。

さらには、

「洗っといて?」

なんて器をひょいとシンクに置いてくるし。

「いいけど、朝ちゃんと起きて買い出し手伝ってよ」

「あー、部活あるからなあ」

「大みそかはないでしょ。大和から聞いてるんだから」

「げ、あいつ……」

苦い顔をした拓也があきらめたように「わかったよ」と言ったので満足する。

「じゃあ、おやすみ」

片手を挙げ出ていく拓也に私も、

「おやすみ」

と伝えた。ドアが閉まってから器を洗う。

じゃぶじゃぶ洗っていると、冷たくなる手先とは真逆に顔がどんどん熱くなっていくのを感じた。

薄暗い照明でよかった。

でないと、顔を合わせた瞬間に顔が真っ赤になっていたのがバレていただろう。

好きな人と同じ屋根の下で暮らしているなんて、演技じゃなかったら耐えられそうもない。

平気な顔で翔を演じている拓也にはこんな気持ち、一ミリグラムもないんだろうな……。

少しさみしくて、少しうれしい夜だった。


大みそか、晴れ。

さっきからお母さんと拓也の三人でスーパーのなかを行ったり来たりしている。

年末でしかも時短営業のせいか、昼過ぎというのに店内は混みあっていた。

「この町の人が全員いるみたい」

お母さんが困った顔をし、

「そこのかまぼこ、カゴに入れてもらえる？」

ショーケースを指さした。

「紅白のやつでいいの？」

人をかきわけて手を伸ばし、すぐに引っこめる。

「ね、かまぼこってこんなに高かった？　いつももっと安いよね？」

ＰＯＰに表示されている金額を示す私に、お母さんは「そうなの」とうなずく。

「おせち料理に使う食材って、この時期だけ急に値段があがるのよね。横にあるちくわも普段の倍近いわね。でも、かまぼこないと困るから入れてちょうだい。おせち料理が苦手でも、かまぼこだけは加奈、食べられるものね」

「うん」

そうなんだ、と毎日会話のたびに新しい知識が増えていくみたい。

「これもいい？」

拓也が『しゃぶしゃぶ用』と書かれた大きな牛肉のパックを持ってきた。金色のシールにでかでかと『高級』と書かれている。たしかに目が飛び出るほどの値段だ。

「そんなの買ったら家計が火の玉になるでしょ」

お母さんは肉パックがカゴに入らないようにさっと避けている。火の玉、じゃなく火の車だと思ったけれど訂正せずにおいた。

ほかにも拓也はお菓子やジュースなどをいそいそと持ってきたけれど、勝率は四割程度だった。普段はお菓子なんて食べないくせに、翔の好みを再現しているみたい。私も、加奈の好物だと書かれてあったクッキーを探したけれど見つからない。拓也が店員に聞いてくれたところ廃番になったとのこと。お菓子業界もころころと変わっているらしい。

レジの長蛇の列にお母さんが並んでいる間、私たちは外で待つことにした。

「今年も終わっていくな」

拓也はふたりきりのときでも、演技を決して止めない。

彼はいつだって演技に真剣だった。周りにはやさしいのに、自分の演技については第三者的な視線で厳しい採点をいつもくだしている。

どんなに成功を収めた舞台でも、必ず反省点を並べ立て自分を戒めている。だから、私も素顔に戻ることができない。

本当はいろいろ話をしたかった。

これからすべきことや作戦も話し合いたかった。

でも、そんなことをしたら拓也はきっと怒るだろうな。

「一年なんてあっという間だよね」

寒そうに体をすぼめて言った。

「三年もあっという間だ。俺たちは気がつけば時間の波に流されて歳を取っていくんだろーな」

「三年？」

「いや、春から俺は三年生になるし、ってこと。加奈も気がつくと高校を卒業してたなんてことになるぞ。それよりおやじ、ちゃんと掃除してんのかな」

お父さんは朝からまたトドのようにソファで横になっていたっけ。

「大丈夫じゃない？　おばあちゃんがうるさく言うと思うし」

「いや、自分の息子には甘いぞ」

「じゃあ早く帰ってけしかけないとね」

ふふ、と笑うと白い息が空中で溶けた。

お母さんが這う這うの体でスーパーの自動ドアから出てきたので、荷物を車に運ぶのを手伝った。

うしろの席に座ったと同時に「いけない」、お母さんがパンと手を打った。

「数の子買うの忘れてたわ」

「別になくてもよくない？」

あくびをしながら言う。だって加奈は、おせち料理が好きじゃないから。

「そういうわけにはいかないのよ。おせち料理にはいろんな意味があるんですからね」

「じゃあ俺がひとっ走り買ってくるよ」

「お願いね」

財布ごと拓也に渡したお母さんは、エンジンをかけ、エアコンをつけてくれた。

後部座席の右側のスペースには荷物が山になっている。ティッシュやゴミ箱だけじゃなく、車のなかでは絶対に使わないであろうアイロンやハンガーまであった。

どうやらお母さんは片づけができない人みたい。

拓也が戻ってくるのを待っている間、スマホでお母さんが家に電話をするというので、私は荷物の山を整理することにした。アイロンとハンガーは家にしまったほうがいいだろうし、これはなに？　ああ、文庫本か。

ティーン向けのキラキラした表紙からすると、きっと加奈の物だろう。その下には漫画本まであった。どうして車のなかにあるのだろう？

「あれ……」

思わず口にしてからキュッと口を閉じた。お母さんはおばあちゃんと電話をしていて気づいていない。

四角い物を気づかれないように手元に寄せると、木枠のフォトフレームだった。

庭で撮った写真だろうか、加奈が写っている。

白黒写真の加奈は、はちきれんばかりの笑顔だった。

第四幕

# 脇役たちのエチュード

The IF of that day when I found with you

目が覚めると同時に、自分がどこにいるのかわからなくなった。

見知らぬ天井、他人の部屋。

ああ、そうだった。私は、夏見加奈としてここにいるんだ。

ざぶんと押し寄せる波のような記憶。目覚めと同時に軽いパニックになるけれど、それすら失くしてしまったなら、本当の自分すら忘れてしまいそうで怖い。

柊ユキのブログを読みたかった。あの文章は迷う私の道しるべだ。褒められたからこそ、次の舞台が怖くなったのも事実だけど。今でもオーディションで主役を張る自信は生まれていない。

このレンタル劇団員の仕事は、毎日が主役のようなもの。これまでにないくらい長期間だし、目覚めている時間はほぼ全て演じる必要がある。

朝がくるたび、徐々に加奈に侵食されていってる気がしてしまう。体を起こせば、新しい一年を他人として迎えたことが少し悲しくもある。

カーテンを開けると元旦の今日は、厚い雲が覆っていた。

もう四日目の朝だ。

ベッドの上でストレッチをしていると、少しずつ体も脳も目覚めるよう。

そう、これは舞台なんだ。今からまた、私の出番がやってくる。

最後に深呼吸をするころには、夏見加奈になれている気がした。

着替えて下におりると、キッチンではお母さんとおばあちゃんが料理をしていた。お父さんはあいかわらずソファに座り、テレビを相手にしている。

「おはよ」

目覚まし代わりの牛乳を飲もうと冷蔵庫を開ける私に、

「あけましておめでとうございます」

おばあちゃんが曲がった腰をさらに曲げて新年の挨拶(あいさつ)をした。

「あ、あけましておめでとうございます」

家族に挨拶するのってなんだか恥ずかしい。お母さんとも挨拶を交(か)わす。

ふたりはおせち料理の最終仕上げをしている様子(ようす)で忙しそう。

「お父さん、私も座りたいからどいてよ」

ソファに寝転ぶお父さんを押しのけてはしっこに座った。テレビでは新春のお笑い番組がにぎやかに流れている。

普段テレビは見ないし、お笑い番組は特に苦手な私。それは、あとづけでかぶせた観客の笑い声のせい。そんなにおもしろくないところでも、あの声のせいで『笑え』と指示されているようで嫌(いや)な気持ちになるのだ。

司会者やゲストも、みんながおもしろい空間を作るのに必死で、見ていて、いたたまれなくなる。そういえば、遠い昔に出演していた子供向け番組もそんな感じだったっけ……。

自分の求められた役割を必死でこなしていたのに、どうして私はテレビに呼ばれなくなったのだろう。

ドラマでは一生懸命台本を覚えた。監督の言葉にも、ことさら大きくうなずいた。バラエティでは笑顔と元気を忘れなかったと思う。

それなのに、なぜ？

「加奈はこのコンビ好きだったろ」

あくびをかましながら太い人差し指をテレビに向けたお父さんの声にハッと我に返った。

「うん。笑えるよねー」

とまぶしそうに画面を見た。

男女コンビの漫才師は私でも知っている。結構前にブレイクしたようなイメージだったけれど、まだ人気があるんだな。

加奈になりきって画面を見ていると、テンポのよい会話から生み出されるボケとツッコミに思わず笑ってしまった。

まるで本人たちが一番楽しんでいるように、ふたりとも笑顔にあふれていて、その空気感だけでこちらまで気持ちが明るくなるみたい。

「やっぱりこういう漫才が一番いいよな」

がははと笑いながらお父さんは目じりの涙を拭っている。

私も最後は観客よりも大きな声で笑ってしまった。

そうして気づく。あのころの私は、肩に力が入りすぎていたのかもしれない。笑ったり楽しんだりするのも仕事だと思い、番組に向けるベクトルが上っ面になっていたのかも。

本気で楽しんでいないのが視聴者にもスタッフにも伝わっていたのだとしたら、呼ばれなくなった理由も納得できる。

何年も経ってから気づくなんて、ほんと遅すぎる。

テレビ界への執着がないのはたしかなことだけど、自分のしてきた行動の間違いに気づけただけでも、レンタル劇団員になってよかったと思う。

じゃあ学校ではどうなのだろう？　家では？

どちらもまだ相手の顔色ばかり窺っているのは変わりがないのかもしれない。本当の気持ちを言葉や態度に表せれば、なにかが変わるのかな……。

「ほら、ふたりとも。さっさと朝ごはん食べちゃって」

お母さんの文句にいそいそとテーブルについた。今朝はお雑煮が朝食らしい。本当の家では食卓にお餅なんて絶対に並ばない。太ることを心配しているお母さんの意向であり、それが当たり前だった日常。

お餅なんて何年ぶりだろう。

「なんだよ。おせちは出さないのか？」

顔をしかめたお父さんに、

「おせち料理は昼からやて」

おばあちゃんが呆れた声を出した。

「はいはい」と食べながら、お父さんは新聞にこれでもかと挟まれたチラシを取り出して一枚ずつ眺めている。

「いただきます」

手を合わせてから箸でそっと餅をつまむと、驚くほどびよーんと伸びた。噛むほどに甘い餅は醤油味の出汁によく合っている。

「おいしいね！」

感嘆の声をあげる私は加奈。彼女になりきれるなら憑依されても構わない。それが求められていることならきちんと演じてみせる。その上で、自分がやるべきことを見つけていこう。

密かな決心に気づく様子もなく「そうかいね」、とおばあちゃんはニコニコしている。

資料によると、今日は親戚の人が挨拶にくるそうだ。毎年、加奈はそこでお年玉をもらっているらしい。お父さんの妹の名前は田中洋子。旦那さんの名前は一綱。娘が夏海。今一度その名前を復習しておく。

「お兄ちゃんたちはどこ行ったの？」

姿が見えない姉兄について聞くと、お母さんはなぜかおばあちゃんを見た。何気ない仕草だったけれど、困惑しているように思えた。

布巾でテーブルを拭きながらおばあちゃんが私の隣に座った。

「沙也加ちゃんはお友達と初詣に行ったよ。翔くんはさっきお雑煮のお餅を五個食べて部屋に戻ったところやて」

「五個も!?　ちょっと食べすぎじゃない？」

「昔から餅はよう食べとったからねえ」

「お兄ちゃん昨日も夜中に大盛りのチャーハン食べたんだよ。じゃあ今ごろ二度寝してるのかもね」

「初夢を見てるかもねえ」

ふふと笑ったおばあちゃんはいつもよりも元気に見えた。お正月ってテンションをあげてくれるものなのかもしれない。

「聞こえてるけど」

リビングから姿を現す拓也に「げ」と声に出した。

「チャーハンのこと言うな、って約束しただろ」

「ごめんごめん。でも、どうせバレてるよね、お母さん?」

助けを求める私に、洗い物をしながらお母さんが「もちろん」と言った。

「食べるのはいいけど、ちゃんと教えてくれなきゃ補充できないでしょう?」

「わかったよ。じゃあ、唐揚げとかも補充頼みます」

「はいはい」

やっぱりこの家族が好きだな、と思った。こんなふうに気さくに話ができることがうれしい。

「お、明日から初売りだってさ」

お父さんの声にお母さんはわざとらしくため息をついた。

「ゴルフクラブは買いません。夏に買い替えたばかりじゃないの」

「あー、言うタイミング間違ったか」

嘆くお父さんに、私はお腹を抱えて笑い転げる。なんて和やかな家族、なんて幸せな家族の風景なんだろう。

にぎやかな朝にチャイムの音が響いた。続いてドアが開く音。

「あけましておめでとうございます!」

女性の声に続いて、「こんにちは」と男性の声が続いた。

おばあちゃんが私を見た。

「洋子と一綱さんが来たね。ほら、お年玉もらっておいで」

「あ、うん」

腰を浮かしながら、自分に気合いを入れた。

この不思議な舞台のからくりはわからないけれど、演じることで、ことは進んでいく。

「お兄ちゃんどいて。私が先行く！」

拓也を押しのけて廊下を走ると、資料にあった田中洋子さんと、一綱さんがスーツ姿で立っていた。資料の写真より年上に思えたけれど、笑顔は崩さない。だって、一年ぶりの再会なんだから。

「あけましておめでとうございます！　早く着いたんだね」

「そうなの。意外に高速が空いてたのよ。加奈ちゃん大きくなったわねー」

「やめて。これでもダイエットしてるんだから」

「あらあら。身長が、ってことよ。はい、お待ちかねのお年玉ね」

差し出されたポチ袋を両手で受け取り、そのまま高く掲げた。

「ありがたき幸せです」

ボストンバッグを受け取りスリッパを出す。

「お雑煮あるから一緒に食べようよ」

「うれしいわー。お腹ペコペコなの」

リビングのドアから拓也がひょいと顔を覗かせた。

「こんちわ」

「翔くん、お久しぶりね。サッカーがんばってる?」

「それなりに」

お年玉を受け取ると、拓也は私を真似て仰々しく頭の上に掲げている。

「あら義姉さん! お世話になりますー。いろいろ大変だったでしょう?」

今度はお母さんに声をかける洋子さん。一綱さんはニコニコしながらお辞儀を繰り返している。

にぎやかな空間のなか、心から楽しんでいる私がいた。

まるで本当の家族みたいだな、なんて思っていた。


神社は閑散としていた。

もちろんそれなりに人出はあるけれど、私が住んでいる町にある五社神社の参拝者の数とは比べ物にならないほど少ない。

　駐車場は山のふもとにあるだけで、長い階段をのぼるか、ぐるりと円を描く坂道をのぼらないと本堂にたどりつけない。そんなに高い場所にあるわけではないけれど、高齢者には厳しい神社と言えるだろう。

　本堂でお参りを済ませる。横の砂利道へ抜けると、すでに大和と実莉が立っていた。

「ちょっと祈るの長すぎ。いくつお願いごとしてたのよ」

　帽子に、ダウンコート、首にはマフラーという完全防寒スタイルの実莉が不満を口にした。

「ま、いいじゃん」、こちらはパーカーにデニムの大和。階段をダッシュしたせいで暑いらしく、黒いマフラーを右手にむんずとつかんでいる。

　同じ運動系の部活でも、体感温度は違うようだ。

「おみくじ引こうよ」

　私の提案に、ふたりはそれぞれの反応。実莉は「当たり前」、大和は「どっちでもいい」だった。

　臨時に並べたと思われる長テーブルの上でおみくじを売っていて、そこだけ少ないながら人だかりができている。箱の中にたくさんの丸めた筒状のおみくじが入っていて、ひとつを取り出すようだ。

代金を神主さんに渡すと、

「加奈ちゃん、あけましておめでとう」

とシワだらけの顔で笑ったので、同じ顔を作った。

「あけましておめでとうございます」

「美船さんは元気かい？　またお参りにくるよう言ってよ」

「階段と坂道が大変だから厳しいんだって」

さっき家を出るときに言っていたっけ。

「冬まつりのときは上まで送迎できるようにしてるからさ。なんなら俺が迎えに行くから、そう伝えといて」

「わかりました」

二百円を渡して箱に手を入れたときだった。ちょうど階段をのぼってくるひとりの女性が目に入った。サングラスに紺色のオーバー姿を見てすぐにわかった。

あの新聞記者だ……。まさか、とは思うけれど私を探している？

外に出るたびに見かけるから自然に用心するようになっていた。夏見家のなにを調べているのだろう……。

おみくじを選びながら女性の死角になるように体を折って観察していると、あたりを見回しながらこちらへ向かってきた。

やはり、私を探しているってことだ。

「ね、大和」

隣にいる大和におみくじの入った箱を渡す。

「あ？」

「ちょっとトイレ行きたいから、おみくじを引いたら坂道のほうに行ってて」

「いやー、待ってるよ」

ゴソゴソと右手を箱に入れる大和。参拝者に隠れるようにして女性を見ると、本堂のほうへ向きを変えたところだった。

「待ってなくていいから。とにかくあとで追いつくから！」

言うだけ言って、坂道のそばにあるトイレへダッシュする。トイレの陰に隠れて覗くと、女性は本堂のあたりをまだウロウロしていた。

ホッと息を吐き、見つからないように坂道をおりた。

一体あの女性は誰なのだろう……。誰かに似ているような気がするけれど思い出せない。

坂道の中腹あたりでガードレールに腰をおろした。ここなら、上からあの女性が来てもすぐに隠れられる。大和たちよりも先におりてくることがあれば、ダッシュで下まで行ってあの長い階段をのぼって戻ろう。

お雑煮のカロリーを消費するくらいの運動量にはなるかもしれない。

周囲の景色に目をやると、まばらな家と枯れた田んぼが広がっている。この町だけのんびりと時間が過ぎているみたいに思えた。

ふいにアスファルトを踏み鳴らす音が近くで聞こえた。

もう追いつかれたの？

ホラー映画で次に殺される子みたいにゆっくり振り返ると、目の前に髪の長い女子が立っていた。透き通るほど白い肌に、大きな瞳で、白いコートのせいで雪女のように見えた。

彼女の名前は……ミカ。そう、品川ミカ。

加奈の親友でクラスも同じだと資料に載っていたし、大和と実莉からも聞いている。

「なんだ、ミカか。びっくりさせないでよね」

あはは、と笑みを浮かべてみせるけれど、胸が同時にざわざわし出している。

それは、ミカが私をにらむように見ていたから。

これまでの人とは雰囲気がまるで違う。

「あなた……加奈、なの？」

低い声に怒りが含まれていると思った。細い指をギュッと握り締め、射抜くようにじっと見つめてくる。

「え、なに言ってるの？　もう正月ボケとか？」

驚いた顔で答える私に、ミカは「やっぱり」とつぶやいた。

「あなたは加奈じゃない」

この町に来て、面と向かって真実をつきつけられたのは初めてのこと。思わず動揺するけれど、なんとか笑みは崩さない。

「ミカ、どうしちゃったの？」

「呼び捨てにしないで」

ゆるゆると首を横に振るミカが、また私をじっと見つめた。あまりの迫力に口をキュッと閉じてしまった。

「これは、なんなの？　こんなことしてなにになるの？」

「それは……」

視線を落とす私の顔を下から覗きこんだミカが「やっぱり」と言った。

「写真を見せられたときにそうじゃないか、って思ってた。あなた、昔テレビに出てた子だよね？」

ひゅっと息が喉から漏れる。

「最近はテレビに出ないと思ってたら、こんな仕事までしてるってわけだ。ねえ、こんなひどいことをどうしてできるの？」

矢継ぎ早な質問のひとつひとつが胸を貫くよう。たじろぎそうになる自分をぐっとこらえた。

これまでだって舞台の照明がつかないことや、相手役の台詞がすっ飛ぶことだってあった。そのたびにうまく立て直してこられたのだから、今回だってできるはず。

「もう」

と、ミカの白いコートの袖をつかんだ。

「ミカ、しっかりしてよ」

「触らないで！」

強い力で跳ねのけられる手。自分でしたのに、ミカは傷ついたような顔になっている。

ここで負けてはいけない。

「ねえミカ、私は私だよ。こういうゲーム笑えないんですけど」

「あたしは嘘なんて――」

「じゃあ私が嘘ついてるの？　もう正月早々疲れるし。それよりミカ、灯籠の予約ってした?」

灯籠の言葉にミカの目がハッと見開いた。冬まつりでは灯籠を五百円で購入できることになっている。前日までに受け取り、プラスチックの容れ物に各自が願いごとを書く。当日は本堂までの好きな場所にそれを設置するのだ。

先日、大和や実莉に教えてもらっておいてよかった……。

「どうして、そのことを……」

気弱な声になったミカに、私はきょとんとした顔をしてみせた。

「だって今年は、実莉と三人でやろうって約束したじゃん。予約はミカの担当だったでしょ?」

「あ……」

ミカはうつむくと、なにかに耐えるように唇を噛んで顔を背け、涙をポトリと落とした。そして、言う。

「——あたしは認めない」

彼女の黒髪が風に踊り出す。まるで怒りを表しているみたいに激しく、からみながら風の形をなぞっている。

「こんなの絶対、認めないから!」

バタバタと坂の上から足音がした。見ると大和と実莉が駆けてくる。

「おい、なにやってんだよ！」

大和の声にミカは踵を返し坂道を駆けていく。激しく揺れる髪が、私をずっと責めているみたい。

隣に来た実莉が、

「大丈夫？」

と尋ねたのでうなずいた。

「んだよ。せっかく久しぶりに顔見られたのに」

大和はミカが去って行ったほうを見ながら言った。久しぶり？　尋ねてみたかったけれど、今は加奈でいなくちゃいけない。

「なんか怒ってた。どうしちゃったんだろう……」

「ああ」と大和がうなり声を出した。

「この前会ったときからなんかヘンなんだよ。加奈は加奈じゃない、とか騒いでさ。昔からそうだけど、ほんと意味不明」

意味はわかるよ。

わかりすぎるほどわかる。

だって、私は加奈じゃないから。

門の前に立ち深呼吸をした。

このままじゃ暗い顔で「ただいま」を言いそうだったから。

空はさっきよりも黒く、間もなく雨が降り出しそう。

ポストのなかを見ると、年賀状と一緒に白い封筒が入っていた。依頼人からの手紙だろう。感情が平坦になっているみたいで、驚きも戸惑いもない。

ミカのことが尾を引いているのはたしかだ。

しっかりしないとダメだと言い聞かせ、封筒をコートのポケットに入れた。

玄関を開けてすぐに違和感を感じた。出かける前はにぎやかだった家が、しんと静まりかえっていたから。

洋子さんたちの靴はまだあるのに、どうしたんだろう。

「……だと思うわ」

洋子さんの声が聞こえた。会ったときの明るい声じゃなく、しんみりとした口調だ。

「洋子さん、ありがとうね」

おばあちゃんの声もどこか沈んでいる。

「いいのよ。私たちにできることはこれくらいしかないんだから。ね？」

「そうだね。とにかく、――を――よね」

「ええ。やるしかないのよ」

なんの話をしているのだろう……。

もっと近づいて聞こうとしたけれど、ギイと床板が鳴ってしまった。

同時に話し声がピタリと止んだ。やばい、と思うと同時にわざと床板を踏み鳴らした。

リビングのドアを開けると、おばあちゃん、お母さん、お父さんと洋子さん、一綱さんがソファに座り、ギョッとした顔で私を見ている。

突然のことに動揺しているのだろう。洋子さんが顔を背け、ハンカチで目じりを拭(ぬぐ)うのが見えた。

「ただいまー。ほら見て、大吉(だいきち)なのです」

おみくじを見せると、急にみんなが騒ぎ出す。

「すごいじゃない」「あら、健康運はそれほどよくないじゃない」「いい一年になるわよ、きっと」

へへ、と笑ってから冷蔵庫から牛乳を取り出していると、お父さんがテレビをつけた。場にそぐわない明るいアイドルの曲が流れ出した。

「あー疲れた。もうさ、あの神社って階段がきつすぎるよ」

ぶすっと言う私に、お母さんが「ふふ」と笑った。

「加奈は部活やってないものね。大和くんたちみたいに少しは運動しないと」

「だって運動は苦手なんだもん」

「いいのよ」と洋子さんが笑顔で言った。

「運動しなくたって加奈ちゃんはこんなにかわいいんだもの。夏海なんて女子力ゼロで困っちゃう」

加奈よりふたつ年上の従妹の名前を口にする洋子さん。

「夏海ちゃんも来ればよかったのに」

「そう言ったんだけど、今年はダメなんですって。どうせ寝正月してるのよ」

ぷりぷり怒る洋子さんに笑いながら立ちあがる。

「じゃあ私もちょっと寝正月してくるね」

キッチンに立つお母さんに声をかけた。

「はいはい。夕飯は豪勢よ。なんたってカニだからね」

「やった！　じゃあまたあとでね」

声をかけてから二階へあがる。

ベッドに横になると、ようやく自分の出番が終わった。いや、まだまだ続くのだけれど、私のシーンは夜まではない。

重いため息を天井に逃がして思い出す。

さっきのミカも、今の洋子さんも……どちらも涙をこぼしていた。私に気づかれないように顔を背けたのも一緒。

今朝感じた家族の団欒が急にうすら寒く思えてしまう。やっぱりこの依頼はなにかおかしいんだ。目に見えない恐怖がじわじわと迫っているみたいな気分がする。

違和感はずっとある。本当の加奈と翔は、この家にはもういない。ふたりがいないのはなぜなのだろう？　よく見かける新聞記者はなにを調べているのだろう？

ひょっとして……なにか犯罪にからんでいることなのかも。これは、この数日ずっと頭にあった仮定だ。

偽物の家族といるこの現状が、たまに怖くなるときがある。私と拓也はなぜこの家で、もういないふたりを演じる必要があるのだろうか……。

それでも私は、続けなくちゃならない。

白い封筒をコートのポケットから取り出すと、封を乱暴に破いた。そして、依頼人からの手紙を読んだ。

杉崎結菜様

いよいよ、舞台も後半に入ります。

一生懸命やるだけでは本物の女優にはなれません。

役になりきり、体を乗っ取られるよりも大事なこと。

それは自分の役を観客全員に納得させることなのです。

今のあなたは、本当に夏見加奈として生きていますか？

あなたがはじめて主役を演じた『家族の風景』を思い出してください。

あの劇のなかで、あなたはたしかに生きていました。

依頼人

目が覚めると部屋の中は薄暗く、雨が降り出しそうで、窓の外は灰色にくすんでいる。

時計を見ると午後一時すぎ。ちょっと横になるつもりが、宣言どおり昼寝をしてしまったみたい。

机に置きっぱなしの白い手紙をもう一度読んだ。

レンタル劇団員を依頼した人は、私がたった一度主演した舞台を見てくれていた。相手役は拓也だったから、そこでの私たちの演技を見て依頼してくれたってことなのかな。

自分の役を観客全員に納得させること、と手紙には書いてある。

拓也がくれたアドバイスに似ている。でもどうやったらできるのだろう……。

なんて難しい劇なの。そもそも、一体なんのために私は夏見加奈として過ごさなくてはいけないのだろう。

突き詰めて考えてはいけないのに、不自然すぎる状況に逃げ出したくなってしまう。そうしてまたミカと洋子さんの涙が頭をよぎる。

私が演技することで傷ついている人がいるならば、これは正しいことなのかな……。やっぱり怖い。昔、浴びた批判の言葉が、頭のなかでぐるぐる回って私を責めている。こんなことを考えているってことは、まだ役をコントロールしようとしているってこと。身を任せ、私なりに役に命を吹きこまなくっちゃ……。

ため息と一緒に手紙を細かく破り捨てた。

とにかく一月三日の中休みまでは、がんばるしかないんだ。

あと二日、と自分を励ましてから部屋を出た。

一階におりていくと、ちょうどお父さんとお母さんは洋子さんたちの見送りから戻ってきたところだった。

ほかの姉兄は出かけているらしく、おばあちゃんもお昼寝中らしい。

「あー疲れた」

ソファに身を投げたお母さんが、

「ご飯食べた？」

と聞いてきた。

「へへ、寝ちゃっててまだなんだよね」

「なにか作る？」

「いいよ。適当に食べるから。洋子おばさんたちは？」

「もう豊橋に向かってるころ。一綱さんの弟さんのところへ顔を出すんですって。お母さんたちも、休憩したら近所へ挨拶に行かなくちゃ」

「そうなんだ。……お茶でも淹れようか？」

何気なく尋ねると、お母さんは目を丸くした。

「珍しいこと。ペットボトルのお茶が残ってるからいいわ」

しまった、と口をつぐむ。

加奈ならどうしたか、よりも自分自身が前に出てしまっていた。ああ、もう！

うまくできなくて落ちこんでしまう。

落ち着いて……なんとか落ち着かなくちゃ。

「それより、あとで夕飯の準備手伝って、おせち料理じゃイヤでしょう？」

「そんな――」

そんなことないよ、と言いかけてやめた。

「そんなの絶対にイヤ。んー、お昼はオムライスでも作ろうかな」

「鶏肉は冷凍庫に入ってるからね。お母さんの分も少しだけ作っておいて。おにぎりくらいの小さいオムライスでいいよ。さっき洋子さんたちとおせち料理を食べたから」

「そんなんじゃ足りないでしょ。ごはんが余ったことにして中くらいの作っておいてあげる」

お母さんは「その作戦いいわね」と笑い、洋服を着替えにリビングを出て行った。

オムライスは加奈の大好物だからチョイスは間違ってなかっただろう。

頭で考えながらする演技についてはは目をつむり、とにかく家族の日常を手探り(てさぐ)りでこなすしかないんだ。

リビングの窓を開けると、冷たい風が頬(ほお)に吹きつけてきた。

そこでお父さんの姿が見えないことに気づいた。一緒に戻ってきたはずなのにどこに行ったんだろう？

　サンダルを履いて庭に出ると、物置小屋の陰で体を小さくしているお父さんが見えた。

「お父さん」

　声をかけると「ひい」と声を出し、慌ててなにかを足ですりつぶしている。

　焦げくさいにおい、これはタバコだ。

「タバコ吸ってたの？」

「うーん。ま、そんなところだ」

　なぜか胸を張ってからお父さんは両手を合わせた。

「お母さんには内緒にしてくれ。頼む！　お年玉奮発するから、な？」

　必死で頼みこむ姿に苦笑してから思いついた。

「別に言わないから安心して。その代わりさ、ちょっとスマホ貸してくれない？　私の壊れちゃってて」

「スマホ？」

　ズボンのポケットからスマホを取り出すとお父さんは画面ロックを解除してくれた。

「すぐ済むからもう一本吸ってて」

「いや、スマホはあとで返してくれればいいよ。これから母さんと近所に挨拶に行くから」

タブレットのミントを口に入れるとお父さんは玄関のほうへ歩いて行った。最近吸いはじめたのだろうか。

資料ではお父さんは喫煙者ではないことになっていた。

いや、今はそれどころじゃない。

スマホの画面に『劇団はままつ　家族の風景』と打ちこみ検索をかけた。

すぐに表示されたのは劇団の公式ホームページ。その下には、よく利用している
ホールのホームページ。三つ目に、『柊ユキと演劇と』のブログが表示された。

タイトル文字を見ただけでもふわりと心が軽くなる。彼女に憧れ、少しでもあん
な演技ができるようにと願っていたし、それは今も変わらない。

柊ユキが私だったなら、きっと迷いなく加奈になりきるんだろうな。

落ちこんだりうまくいかないときは、この記事に元気づけてもらっている。

クリックすると内容が表示される。

もう、寒さなんて感じない。

〈柊ユキと演劇と〉
舞台レビュー68　劇団はままつ公演「家族の風景」

「私は演劇を愛する。それは人生よりはるかに現実的だからだ」とは、かのオスカー・ワイルドが遺したとされる名言である。

長年、演劇の世界に身を置いていると、数えきれないほどの演者たちと出会う。テレビや映画で活躍する役者より、劇団員に思い入れがあるのは、私が小さな劇団の出身だからであり、そこは大目に見ていただきたい。

上京し最初の劇団に身を置いたとき、同時に入団したひとりの男性がいる。名前を日向浩二という。彼は当時素人同然だった私から見ても、演技の才能は皆無だった。しゃべれば大根、動けばロボットという感じで、ろくな役にありつけずにいた。貧乏で食べるものもないのに、日向はいつも笑っていた。独特のだみ声で大笑いする彼を嫌う人はいなかったと思う。

彼がいると劇団は太陽のもとにいるように明るくなったし、ムードメーカーとしての役割を果たしていた。が、演技となるとからきし駄目だった。

困り果てた劇団長が彼にとある舞台の演出をさせたことがある。

その舞台のことは今でも忘れられない。水を得た魚のように、彼は自由に演目を謳歌していた。彼の作る水の流れに演者が自然に泳がされている感覚だった。心地よい水に身を任せている安心感とでも言うのだろうか。

その後、彼は演出だけでなく舞台監督としても名を馳せて行ったが、ある日、突然地元である静岡県に戻ってしまった。あまりにも突然の幕引きだった。

浜松市で『劇団はままつ』を立ちあげたのは風の噂で知っていたが、連絡を取ることもなく長い年月が流れたある日、彼から一通の招待状が届いた。

劇団はままつ春の公演、と書いてあった記憶がある。当時、私は多忙を極めており、次の舞台稽古と映画撮影に追われていた。

けれど、気づけば新幹線に飛び乗っていた。日向という男が招待状を送ってきたからには、よほどの自信があるということだと思ったのだ。

浜松市は映画の撮影で来たことがあったが、開催されている公演会場はあまりにも小さなホールだった。簡素なセットに照明を見ても尚、期待はそがれなかった。それは彼のすごさを知った人だけにしかわからないことだと思う。

『家族の風景』は、文字どおり、家族関係に焦点を当てた演劇だった。

主人公は小学四年生。家族でケンカをしたあと、その両親が事故死してしまう。親戚の家に預けられた少女は、口と心を閉ざす。近所の男子と交流しているうちに彼らは流れ星を探そうと家出をする、という展開だ。

九十分弱の演劇だったが、閉幕と同時に聞いたことのない拍手の音に包まれた。気づけば私も立ちあがって手を叩いていた。

彼の監督としての力量があの場所にいたすべての人に伝わっていると感じた私は、声をかけることなく会場をあとにした。

今思えば、私は嫉妬していたのかもしれない。

あの演劇には、人生よりはるかに現実的な空間が、時間が、言葉があふれていた。

また、主役が杉崎結菜ということにも驚いた。彼女はCMをきっかけにテレビ界に進出していたが、まさかあれほどすさまじい演技をする子だとは思っていなかった。憑依されたかのような演技に、観客は笑い、泣いて、怒った。

テレビでニコニコしている彼女からは想像もつかないと感服した。

たった三日間しか上演されない地方の演劇だからこそできる、切迫感や緊張感。

だから演劇はやめられない。

いつかまた、日向に会いたいと思っている。彼と作品が作れる日を信じ、私は今日も舞台に立っている。

る。

冬休みの課題を解いていると、どんどん気持ちが落ちていることに気づいた。

柊ユキのブログを見れば気持ちが切り替えられると思っていたのに、今日は効果がないみたい。むしろ、あれほど褒めてくれた彼女に申し訳ないような気分にな
る。

あの舞台で主演したことは、私にとって輝かしい過去。演技の楽しさを知ったし、逆に自分をうまくコントロールできない難しさも知った。

あれだけ資料をもらったのにうまく演じられない今の私を見たら、きっと柊ユキはがっかりするだろうな……。

主演のオーディションをいつか受けることができるのだろうか。ううん、私には無理だろう。今は、劇団という私の居場所を守ることだけを考えよう。

「加奈いる？」

ノックの音がして、答える前にバンとドアが開けられた。

「あ、いたんだ」

なんて軽口をたたく拓也。スウェットとパーカー姿で、風呂あがりなのか髪が濡れている。

「いきなり開けないでって言ってるでしょ」

プイと顔を背けたのは、こんな気持ちで演技を続けられる自信がなかったから。

けれど拓也は勝手になかに入ってきて、「へぇ」なんて部屋を見回している。

「ばあちゃんも郵便局行くってさ」

「そう」

「てことで、今はこの家、俺たちだけだな」

「そう」

同じ言葉を口にして、そっとため息を落とした。

「なあ、結菜」

私の頭をポンポンと拓也が叩いた。

「え⁉」

今、私のこと、本当の名前で呼んだ……？　加奈じゃなく結菜って？

戸惑っている間に、耳元に顔が寄せられた。

「ちゃんと集中しろ」

「……え？」

信じられない思いで見あげると拓也がにっこりと笑っていた。

「らしくないぞ。全然加奈になりきれてない」

「拓也……」

いけない、と思った瞬間に、今までずっと我慢していた涙が一気にあふれていた。拓也には私の演技力のなさが伝わっている。それが恥ずかしくて情けない。

「だって……こんなの難しすぎるよ。どうしてこんなことしなくちゃいけないの？　本物の加奈さんや翔さんはどこにいるの？　それにおかしなところがいっぱいありすぎる」

　あふれ出る言葉に拓也は「さあな」とつぶやいた。

「だけどそれは俺たちに関係ないだろ」

「でも、でも……」

「ここは舞台だ」

　静かに口にした拓也。彼の言いたいことはわかっている。だけど、どうしてもできないよ。

　拓也が膝(ひざ)を曲げて私と視線を合わせた。涙でゆがんだ視界ではうまくピントが合ってくれない。

　泣きじゃくる私に、拓也の声が聞こえる。

「この家族には俺たちが必要なんだ。だから依頼がきたんだと思う。プロなら最後までやり遂げないと」

「……できないよ。こんなのおかしいもん」

「どんな舞台でも役者なら演じなくちゃダメだ」

わかってる。わかってるけど……。

「私にはできない。だって……苦しすぎるよ！」

拓也を押しのけるように部屋を飛び出た。階段をおり家の外に飛び出しても、私がそうすることがわかっていたように、拓也はあとを追ってこなかった。

ムリなんだ。これ以上続けるのはムリなんだ。

走って坂道を下り、バス停のベンチに倒れこむように座った。

コートを着てないので、寒くて凍えてしまいそう。バス代も持ってきてないのに、どこへ行くつもりだったんだろう。

悔しくて悲しくて、焦燥感が冷たい風に形を変えて責めているみたい。

やっと拓也が拓也として話しかけてくれたのに、私はバカだ。

自分の気持ちばかりをぶつけてしまった。拓也はなんにも悪くないのに……。

こんな情けない気持ちで演技なんて続けられないよ。

ふいに足音が聞こえてふり向くと、

「ああ……」

新聞記者の女性が立っていた。神社で見たときと同じ格好で、泣いている私をいぶかしそうに見ている。

「あなた、泣いているの？」

「……関係ないじゃないですか」

手の甲で涙を拭いながら立ちあがった。もう最悪だ。演技ができないばかりか、絶対に会いたくない人にまで会ってしまった。

「なにかあったの？　夏見家ではなにが起きているの？」

「やめてください！」

叫ぶ私に女性は傷ついたように目を伏せた。

「どうして私につきまとうんですか？　一体あなた、誰なんですか⁉」

詰問するように近寄ると、同じ幅で彼女はあとずさりをした。そうしてから、私は気づく。

女性の瞳には涙が浮かんでいることを。

「泣いて……いるの？」

「ああ、ううん。違うの……」

ハンカチで目じりを押さえた女性が、「違うの」と繰り返す。

「ほんと、私って誰なんだろうね……」

さみしげに口にした女性を見て、さっきまでの不安や怒りはどこかへ消えた。しんとしたなか、遠くで寺の鐘の音が聞こえた。

自分が誰かわからないのは私も同じだ。

女性は肩で息をつくと意を決したように私を見た。

「迷惑をかけてごめんなさい。あなたにつらい思いをさせているのも知ってるの」

「あの……」

「加奈を演じているのよね?」

ハッとする私に、女性はあきらめたように小さく笑みを浮かべた。

「いいのよ。でも、すごくつらそうで気になったの」

「……あなたは誰ですか?」

今度は丁寧(ていねい)に尋ねる私に、女性は人差し指を口に当てた。

「それは言えない」

「なにそれ……」

「でも、ひとつだけ言えることがある。最後までがんばってほしいの」

質問の答えになっていないと思った。私の反応に彼女は「きっと」と続けた。

「それが家族のためになると思うから」

「家族の……?」

「ごめんなさい。もう、困らせたりしないから。応援(おうえん)しているからね」

そう言うと、女性はほほ笑みを残して去って行った。

髪が背中が、足取りが、まだ泣いているように見えた。

家に戻ると、おばあちゃんがシンクの前に立っていた。ほかの人の姿はない。

「お父さんとお母さんは？」

「初詣やて。加奈ちゃんはもう行っただろうから、って。翔くんは見かけないね」

洗い物の音がしているけれど、ガチャガチャ食器がプラスチック桶のなかでぶつかっているみたい。なにごとも丁寧な印象だったけど、洗い物に関しては雑なんだ。

キッチンの椅子に腰をおろすと、思いついたようにおばあちゃんが顔をあげた。

「オヤツ、何か食べる？　おせち料理は加奈ちゃん嫌いだっけね？」

「だね。そんなにお腹もすいてないし」

「お餅を焼こうかね。きな粉とお砂糖つけて食べる？」

ん、とシワだらけの顔で尋ねるおばあちゃんにうなずいた。冷蔵庫から切り餅を取り出すおばあちゃんを手伝う。この家のオーブントースターは冷蔵庫の上に置いてあるので、おばあちゃんじゃ厳しそうだし。

おばあちゃんも食べると言うので、餅を三つ並べてからオーブントースターのつまみを回した。

「このトースター、もっと低いところに置いてくれればいいのにね。お母さん、そういうところは気が利かないんだから」

「使うときは頼子さんがやってくれているからね。それに、朝はパンじゃなくお米を食べているからね」

温度があがり、オーブントースターのなかはだんだんと朱色に染まっていく。

「お父さんも寝てばっかりだし、この家で一番働いてるのは間違いなくおばあちゃんなのかも」

「いいんだよ。それが家族なんだから」

「家族、か……」

餅はまだ四角いままじっとしている。

「家族ってなんだろう」

ぽろりとこぼれた言葉に、おばあちゃんは「ん？」とこっちを見た。

「ケンカでもしたの？　あ、翔くんかい？」

「違うよ、全然違う。ただ、ちょっと思っただけ。深い意味はないよ」

ごまかす私に気づいた様子もなく、おばあちゃんはきな粉と砂糖をすりこぎで混ぜている。

じじじじじじ
うなるオーブントースターのなかの餅は、まだ変化なし。

「おばあちゃんが考える家族はね、気を遣わない関係のこと。言いたいことを言えるのが一番だら」

「でもさあ、好き勝手言った人はすっきりするけど、言われたほうはたまらないよ」

オーブントースターのなかに本当の家での光景が見えた気がした。今ごろふたりはどんなお正月を迎えているのだろう。

ケンカばかりのお父さんとお母さん。ひょっとして、本当に離婚してしまうのかな……。こうなったのはやっぱり、私のせいなのかもしれない。

「ねえ、加奈ちゃん」

「ん?」

すりこぎを置くとおばあちゃんはすっと姿勢を正した。

「加奈ちゃんはね、もっと本当の気持ちを伝えてもいいんだよ」

「そんなの……できないよ」

私まで好き勝手言ったなら、確実に家族は崩壊するだろう。

「大切なことなら、ちゃんと言葉にしないとあとで後悔することになるからね。言わないのはやさしさじゃないんやて」

言っていることはわかる。だけど、私にはできない。

餅がぷくっと膨らんできた。

「おばあちゃんね、思うの」

「なにを？」

皿を受け取りながら聞き返すと、おばあちゃんはさみしげに目を伏せた。

「親しい人って、そばにいてくれて当たり前だと思うけど、そうじゃないんだよ。人間はいつか、離れ離れになる日がくるんやて。それは友達でも家族でも同じこと。それまでに、自分の気持ちはちゃんと伝えないと、ずっと後悔することになるよ」

チーンとオーブントースターが鳴っても、おばあちゃんから目が離せなかった。

「……どういうこと？　後悔、って？」

「大切な人が、今この瞬間にいなくなるって考えてごらん」

「そんなの考えられないよ」

「考えないようにしてるんやて。でも、人はいつ死ぬかわからない。そこに順番はないし、予想できないことだって多いから」

しん、とした空気のなか、おばあちゃんの言葉が胸に届く。

「おばあちゃんも……後悔しているの？」

「そうだね。ちゃんと言えばよかったと思ってること、多いよ」

そう言ってからおばあちゃんは泣き笑いのような表情になる。

「加奈ちゃんには後悔をしてほしくない。家族の風景を大事にするなら、大切なことは伝えてほしいんやて」

家族の風景……。

ぶるっと震えそうになる体をごまかし、オーブントースターの扉を開けた。餅は焦げ目がついていて香ばしいかおりを生んでいた。

「熱いから気をつけて」

「うん」

餅をそっとお皿に乗せる箸が震えている。

この家に実在しない人は、加奈と翔のふたり。ある日突然、家族のふたりを失ったのかもしれない。その後悔を消し去るためにレンタル劇団員を頼んだとしたら……。

「どうしてそんなこと急に言うの？」

なんでもないように尋ねると、おばあちゃんは「それがね」とほほ笑んだ。

「浜松ホールでやっていた演劇を思い出したんやて。むかーし見たことがある劇で題目は覚えてないけど、すごくいい舞台でねぇ」

息が、できない。探さないようにしていた真実が、突然姿を現しているみたい。

「……どんな舞台だったの？」

おばあちゃんは私の皿にさらさらときな粉をまぶしていく。

「小学生の子がいてね、お母さんとケンカをするの。で、怒ってなにもしゃべらなくなるんだよ。でも、その日に両親が事故で亡くなって……。たしか、叔母（おば）さん夫婦のところに預けられるんやて。その子はたくさん傷ついて、たくさん後悔してたんよ」

「そうなんだ」

「だから、加奈ちゃんには後悔してほしくないの」

間違いない、と思った。今、おばあちゃんが口にした舞台の内容は、私が主演した『家族の風景』のあらすじだ。

おばあちゃんが、レンタル劇団員の依頼主なんだ……。ひとりで舞台を観（み）に行ったとは思えないから、ひょっとしたらお父さんやお母さんみんなが依頼主なのかもしれない。

どうして依頼をしたの？　私はなにをすればいいの？

喉元（のどもと）まで出かけた質問をすんでのところで呑（の）みこむと同時に、ドアがバンと勢いよく開いた。

「ただいま」

学校のジャージ姿で立っているのは拓也だった。いつだって拓也は突然に登場する。さっきのことを思い出し、それでもなんとか「お帰り」と言えた。

そんなことより拓也におばあちゃんが依頼主かもしれないことを伝えたい。

「ちょうどお餅が焼けたところだけど、翔くんも食べるかい？」

「もちろん。加奈、俺三個な」

「あ……」

ごくりと唾を飲みこんでからうなずく。どうしよう、動揺しすぎて声が出せない。

「今焼けたお餅は翔くんは二個、加奈ちゃんが一個食べて。残りは今から焼くからね。ほら、加奈ちゃんも座って」

「うん」

のろのろと椅子(いす)に座ると、拓也は早速(さっそく)箸を手に取っている。

どうしよう、拓也。と目線で合図(あいず)を送るけれど、彼は気づかない。

「うまそう！」

拓也がかぶりついて「熱い！」と叫んだ。

「ゆっくり食べなさいな。加奈ちゃんも食べて」

「……うん」

じじじじじじ
おばあちゃんがセットした餅が再び焼かれる音がしている。

焦げ目のついた餅をつまむとびよんと伸びた。少しずつ、そう少しずつ冷静になってきたのを感じた。あれほど考えないように言われたのに、また詮索しようとしている……。

「翔くんは初詣行ったのかい？」

おばあちゃんの声に拓也は「あー」と思い出したように口にした。

「まだ行ってない。どうせ冬まつりにみんなで行くし、そのときについでにやる」

「なによそれ」と、呆れた声を出した。

「ついでにやる、って神様に失礼でしょ」

「うるせーよ。俺は無神論者だし」

「テスト前は神様に祈ってるくせに」

明るく言ってもぜんぜんダメ。まったく加奈になりきれていないことがわかる。

上っ面な台詞しか言えない自分が情けない。

ひょっとしたらうまく演じられない私のために、おばあちゃんは、さっきネタバラシをしてくれたのかもしれない。

だったらちゃんとやらないと……。観客はおばあちゃん。彼女が納得できる演技を私はしなくてはならない。

「でも美味しいね。おばあちゃんも拓也の分、ひとつ食べたら?」

そう言うと、おばあちゃんはやさしく笑みを返してくれた。

まだ『不合格』だと言われている気がした。

第五幕

# 決意の朝

The IF of that day when I found with you

正月の朝は、町から人が消えてしまったような静けさがある。

普段は右へ左へ行き交う車も、ランニングをしている人の姿もほとんど見られない。この町ではそれが顕著で、高台の公園につくまでの間、誰ひとり会うことはなかった。

まるで町全体が眠っているみたい。公園の砂利を踏み締める音だけしかない世界は、神聖な空気に満ちているようだ。

ベンチに腰をおろすと、向かい側の高台にある神社がちょうど見下ろせる。あ、何人かの姿を発見。少し残念な気がしてしまう。

彼女は来るだろうか？

昨日の夜、机の引き出しに入っていた加奈のアドレス帳から、ミカに電話をかけた。『明日の八時に公園に来てほしい』と言う私に、ミカは迷うように十秒近く黙ったまま電話を切った。

白い息が途切れなく生まれては消えていく。こんなに寒いなら、雪だって降りそうだ。

依頼内容について調査をしてはいけないことは知っている。それでも結局、そこに終始してしまう毎日なら、少しは動いてもいいのではないか。

誰にも相談しなければバレることはないし、状況がわからないなかで演技を続けるのは難しすぎる。

これは昨夜私が出した結論、というか強引な方針転換だ。

改めて考えてみると、私なりにいくつかの仮説が立った。

まず、依頼主は夏見美船で間違いないだろう。夏見家の長男である翔、そして末っ子の加奈は、なんらかの事情で亡くなった。外国に留学している可能性や入院している可能性も残ってはいるけれど、現状を見る限りは亡くなった可能性を支持するほうが自然だと思う。

悲しみに暮れる家族の傷を癒したくて、おばあちゃんはレンタル劇団員の依頼をした。

あの新聞記者の女性は、翔と加奈の死に疑問を抱いているのかもしれない。

大和と実莉はレンタル劇団員のことを聞き、設定を守ってくれている。

ミカだけは、反対の立場を崩していないのだろう。

昨日の敵視する目がずっと心に残っていた。加奈と一番仲が良かったミカだから、短期間であろうと偽物が現れたことが許せないのだろう。

「でも……」

ふわっと白い息が濃く漏れた。

町の人はどうなのだろう？　洋子さんや一綱さんは？

そのあたりはわからないままで、レンタル劇団員としての仕事は残り数日になっている。

明日になれば一旦本当の家に帰ることができる。

……これでいいのかな？

おばあちゃんや家族の傷をまだなんにも癒していない。どんな加奈を演じればみんなを笑顔にできるのだろう……。

寒さに体を縮こまらせていると、

「加奈、おはー」

と声がした。ミカがこっちに向かってくる。

来てくれたんだ、とうれしくなる一方で違和感に頬が固くなる。

白い肌に似合う白いコートは昨日と同じ。違うのは、その顔に笑みが浮かんでいたことだった。

「おはよ」

一瞬遅れて返すと、ミカは私の右隣に躊躇なく座った。

「今日は早起きなんだね。昨日遅かったから眠いよお」

しなだれかかるミカから、甘い香りがした。昨日とはまるで違う態度に戸惑ってしまう。

なにか言わなくちゃと思う前に、

「でもさ」

ミカが体を離し、大きな瞳を私に向けた。

「この公園ってほんと人がいないね。うちらが一番来てあげてる感じしない？」

「うん、そうだね」

「大和や実莉は今日は来ないの？」

「誘ってないんだ」

「へぇ。じゃあふたりっきりだね」

うれしそうに笑うミカに戸惑いしか起きない。私が加奈じゃないことを怒っていたミカは見当たらない。ほかの人と同じように接してくる彼女が不思議だった。

「ね、今年も冬まつり行くでしょう？　何時集合だったっけ？」

ミカの問いに首をかしげてみせた。

「本堂の前で……七時だっけか」

「七時ね、了解。今年もカステラボールの屋台出るかなあ。加奈の大好物だもんね」

「そうだね。あれ、おいしいから」

なんとか会話を合わせる。深く考えるよりも、今は加奈にならなくてはいけない。

「今日呼び出したのは、例のことを相談したいからだよね？」

「えっと……」

「いい、わかってるから」

なにも言うな、と右手でパーを作って私の発言を止めたミカが、上目遣いになった。

「で、いつ大和に告白をするの？」

突然の言葉に目を丸くしていると、ミカが笑い声をあげた。

また初めて知ることだった。てっきり昨日のことや、私の正体を聞かれると思っていたから驚きしかない。

「大和に……って？」

合わせることもできず聞き返していた。ミカは「ん」と口を尖らせると、呆れたように笑みを浮かべた。

「もう何年片想いしてるのよ。毎年、冬まつり前には『告白する』って宣言してるから、こっちは慣れっこだけどね。毎年の恒例行事みたいなものでしょう？」

そうなんだ……。資料には加奈の好きな人については書かれていなかった。

親友であるミカにはずっと相談をしていたんだね。そして、今年の冬まつりで告白をしようとしていたんだ。

　おばあちゃんが昨日言っていた『もっと本当の気持ちを伝えてもいい』の言葉が、やっと理解できた気がする。

　加奈も私と同じように、長い片想いをしていたんだね。昔からそばにいるから気持ちを伝える勇気が出なかったんだ。

「正直さ、まだ決心がつかないんだよね。だって、断られたらこれまでみたいに会えなくなるし……」

　きっと加奈の心は、こんなふうにアンバランスに揺れ動いただろう。告白したくてもできない関係は、私も同じだから。

「だと思った。加奈は人の恋愛相談には乗るくせに、自分のことになると全然ダメだもんね」

「そんなことないもん」

「そんなことある。じゃなかったら、ずっと幼なじみの関係で我慢してないって」

　加奈は我慢していたのかな。なりきらなくてはいけない、と思う前に本当の自分が思いを投げかけてくる。

「我慢じゃない、と思う」

　それは勝手に言葉に変換されていた。

「どういうこと？」

　長い髪をまとめるようになでたミカ。

「ずっと近くで見られるのが幸せなの。それ以上の関係になったら、もっと幸せになれるかもしれないけど、不安になっちゃうと思う。つまらないことでケンカしたり、別れたりすることが怖いんだよ」

　ごまかすよりも先に、自分の気持ちを言ってしまっていた。ああ、なんでこうなっちゃうんだろう。頭から必死に拓也の顔を追い出した。

　思う、なんて第三者的な意見を述べている時点で、演じることを放棄しているみたいだ。

　けれど、ミカは納得したようにうなずいてから、その瞳を薄青の空に向けた。

「たぶん大和も同じこと考えていると思うけどな」

「え？　それはない……と思う」

「前から言ってるけど、大和が加奈を見るときの目が違うんだよ」

「そうかな……」

「加奈が今のままでいいならなにも言わないけどさ、やっぱり親友には幸せになってほしい」

　声の最後が揺れた気がした。見ると、瞳に涙がいっぱいたまっている。

自分でも気づいたのだろう、顔を背けて「ふ」とミカは口の中で笑った。

「やばい。普通にしなきゃって思ったのに、ごめん」

隠すことなく涙に震えるミカ。

「……ミカ?」

「やっぱり……加奈としゃべれてうれしい。……うれしいの」

私のせいだ、と思った。加奈になりきれていないから、彼女の必死の演技を邪魔してしまったんだ。

「私もうれしいよ」

取り繕うように明るく言うけれど、ミカはゆるゆると首を横に振る。

「ごめんね、ちゃんとやらなきゃって思ってたのに……やっぱりできないよ」

鼻を真っ赤にしている彼女もまた傷ついている。

両手で顔を覆うミカに、私はなにも言えない。得意だった即興の芝居すらできないよ。

「加奈とお兄さんがあんなことになって、あたし……あたしっ」

嗚咽を漏らすミカの背中を機械的になでていた。

予想していたとはいえ、表に出てきた真実の温度はあまりにも冷たかった。

やっぱりふたりは亡くなっているんだ……。

「ずっと会いたいって思っていた。今だって思っている。あんな急にさよならをすることになるなんて、想像すらしていなかったんだもん。加奈に会えなくなる日が突然くるなんてっ」

顔をくしゃくしゃにして泣くミカの肩にそっと手を置く。

「ごめんね……。本当にごめんね」

もう演じるのはムリだと思った。

「今だって信じられない。加奈がいなくなって、自分なりに整理をしたつもりだった。なのに全然ダメなの。だって過去じゃないから。今でも加奈に会いたいって思ってるからっ」

「……うん」

うなずく私に、ミカは「どうして」と言ったあと、顔を背(そむ)けて続ける。

「どうして、あなたは加奈としてこの町に来たの？」

「……」

「あれから調べたの。結菜(ゆいな)さんは今、劇団にいるんでしょう？　レンタル劇団員のこと、ホームページで募集がかかってたよ。それを今やっているんでしょう？」

「……」

「レンタル劇団員ってなんなの？　あなたはなんのために加奈を演じているの？」

ぜんぶわかっているんだ……。彼女を元気にするためには、ぜんぶ話してもいいと思った。すべて話したあとで、最後までやり遂げることを認めてもらおう。

……でも、違う。

私が偽者だと認めた時点で、この舞台の幕がおりてしまう。

どんなに失敗した舞台だって、私は、最後まで自分の役をおりたことはない。この舞台の幕が閉じるまでは、絶対にしてはいけないこと。

さっきのあきらめの感情を消し加奈を憑依させる。そう、憑依は怖いことなんかじゃない。その役に身を任せることも、そこに自分の気持ちを少しだけ加えることも、今ならできる気がした。

「レンタル劇団員ってなんの話？」

「……まだ嘘をつくの？」

私が加奈でいることで、この舞台は続くのだ。それが誰の心に灯をともしているのかはわからない。だけど、女優であることを忘れちゃダメだ。

すう、と息を吸うと私はケラケラ笑った。

「どうしたのよミカ、ヘンな初夢でも見たの？」

「……」

鼻をすする横顔をわざと覗きこんだ。今、この舞台の観客はミカなんだ。彼女がこれからも生きていけるように、私は加奈になりきらなくちゃいけない。

加奈が残した気持ちを、ミカに伝えなくちゃ……。

「もしも、だよ？　言っていることが本当だったとしてもさ、ミカの前に現れたのには意味があると思うよ」

「意味……？」

「じゃあさ、私が幽霊だと思って話を聞いてみたらどうかな。ちゃんと聞かないと呪っちゃうんだから」

にひひ、と笑う。唇を噛んでいるミカの横顔が少しやわらかくなったように見えた。何度も小さく深呼吸をし、やがてゆっくり私を見た。

「……できるかな」

できるよ、と大きくうなずく。こわばった空気が動き出すような感覚があった。

「それより、冬休みの宿題やった？　よかったらちょっと写させてほしいんだけど」

両手を合わせる私をぼんやり見ていたミカが、

「もう」

と息を漏らした。また涙がぽろりとこぼれている。

ゴシゴシと涙を拭うと、ミカは私をギロッとにらんだ。

「だから正月前にやっておくように言ったでしょう?」

「読書感想文はやったもん」

「例の課題図書じゃないやつだよね?　自分の好きな小説を無理やりからませるやつ。そんなんで高久先生が納得すると思うの?」

「それは……まあ、いいじゃん。書くことが大切ってことで」

「幽霊なのに冬休みの課題をやるわけ?」

「あ、ほんとだ。全然気づかなかった!」

加奈はいつも明るく笑う。お調子者で家でも学校でもムードメーカー的な存在。幼なじみの大和のことが密かに好きで、親友のミカにだけは相談していた。

目の前で瞳を潤ませているミカを笑顔にしたい。

仕事や演技とかじゃなく、もうここにはいない加奈がそう願っているとわかった。加奈の気持ちに自分の想いを重ねることで、自然に私は笑えていた。

きっとこれが憑依している役柄に命を吹きこむ、ということなんだ。役になりきるだけじゃなく、観客に届くように言葉に気持ちをこめる……。そうすることで、加奈は舞台の上で生き生きと動き出すのだから。

それがわかった今、いろんな謎も不安も恐怖さえも、霞が消えるようになくなっている。

「私ね、ミカがいてくれてよかった」

「……え？」

ミカはきょとんと目を丸くする。

「照れくさいから一度しか言わないし、泣くのはダメだからね。わかった？」

「あ、うん」

そっと細い手を握ると、驚くほど冷えている。

「どんなときでもミカがいるから安心できるの。昔からの知り合いってだけじゃなく、私のいろんなところをわかってくれてるでしょ？」

「そう、だね」

震える声を咳払いでごまかしたミカが、

「知りたくないことまでわかっちゃうんだよね」

冗談っぽく言ってから手を握り返してくれた。冷たい手を私が温めるんだ。

「家のことも恋のことも、ミカが知ってくれていると思えば安心できる。わかってくれている人の存在って大きいよね」

「どうしてそんなこと、急に言うのよ」

「おばあちゃんがさ、もっと本当の気持ちを伝えなさい、って。だから言ってみた。なんか、照れるよね」

えへへ、と笑うとミカもくすぐったそうに目を細めた。

握った手はそのままに、私たちは朝陽が照らす町を見渡した。

風がやさしく私たちの周りをくるくる回っているみたい。

「あたしもさ……」

まぶしそうに額に右手をかざしたミカが言った。

「あたしも、加奈がいてくれてよかった。あたしたちの毎日っていろんなことが起きて、そのたびにゲームオーバーになっちゃうじゃん」

「あー、それわかる」

「でも、加奈がいるからがんばれるんだよ。加奈を応援しているつもりで、自分が応援されてる感じがしてる」

「ミカ、ありがと」

前を見たまま言うと、つないだ手の力が緩んだ。

「あ……あたしこそ」

加奈がいなくなってからのミカはどれほど悲しかったのだろう。どれほど苦しかったのだろう。予想もしていなかった親友の死に、きっとたくさん傷ついたんだよね。

「あたしこそありがと」

涙声に戻ってしまうミカが揺らがないよう、離れそうになる手を握る。強く、強く。

「ミカにお願いしたいことがあるんだけどさ」

この舞台も、もうすぐ終わる。ラストシーンは、加奈の願いが彼女の心に届くこと。

「お願い？」

「これからもがんばる、って約束してほしいんだ」

「……やめてよ」

顔を逸らせたミカをじっと見つめた。加奈が心から願っているのは、自分のいない人生をミカが歩き出すこと。

がんばれ、がんばれ。心のなかにいる加奈の声が聴こえる。

がんばれ、と私も心でつぶやく。

「もちろん、迷ったら立ち止まったり休憩すればいいと思う。だけど、いつまでも今の場所にいちゃダメ。そんなのミカらしくないもん」

「なによ……そんなの、いいよ」

「よくないから言ってるの。たとえばこれが最後のお願いだとしたら、どうかな」

ハッと私を見るミカに、私は笑みを作って見せた。

「たとえば、の話だよ。もう二度と加奈には会うことはできない状況(じょうきょう)だとしたら、約束できる？」

うつむくミカからこぼれる吐息が白い。

「それって……強制じゃん」

「今は強制だと思ってもいい。でも、選ばされた道だとしても、歩いていれば自分の選択(せんたく)だと思える日がくるよ。いつか、自分でした決心になる。私はそう信じてる」

悲しいよね、つらいよね、苦しいよね。

私たちはいつだって迷ってばかり。傷つけられたと泣き、傷つけたと泣く。希望なんてない毎日のなかで、ささやかな幸せを見つけることに必死で空も見なくなる。だけど、ミカには前を向いて生きてほしい。誰よりも私がそう願っているんだよ。

「ほんと、加奈って意味不明。よくわからないけど、約束してあげる」

ミカがそう言ってくれたから、私は泣いてしまう。

悲しみじゃなくうれしい涙は、なんて温かいのだろう。

「なんであんたが泣くのよ」

顔をしかめるミカの頬にも光る雫(しずく)が流れている。

そして、私は願う。

いつか彼女の涙が希望に変わりますように、と。

杉崎結菜様

『家族の風景』であなたが演じた女の子は、まるで彼女そのものでした。

憑依しているだけじゃなく、観客ひとりひとりに彼女の想いを伝えていました。

そして今も、あなたは夏見加奈として遺された人たちへ想いを伝えられるようになりました。

今、あなたに依頼をしてよかったと思っています。

明日はお休みの日です。

本当の家でゆっくり過ごしてからまた戻ってきてください。

冬まつりは、いわば舞台のラストシーンです。

最後まで、よろしくお願いいたします。

依頼人

家を出るとき、家族は誰も起きてこなかった。

元々、一月三日の今日は休みになっているので、たとえ見られたとしてもなにも言われないだろう。それでも、ちょっとした罪悪感を胸に、始発のバスの時刻よりも早く家を出てしまった。

坂道を下るとすぐにバス停に到着してしまう。

これから天竜二俣駅まで行き、そこから乗り換えをして浜松駅へ向かう。さらにバスに乗り換えて自宅近くで降りる予定。

同じ浜松市なのにバスと電車で行くとかなり時間がかかってしまう。

バス停からは神社のある山が真正面に見えた。

『天竜冬まつり』と毛筆体で書かれた垂れ幕が、高台の入口に掲げられている。あさっての夜にはこの高台がたくさんの灯籠の光で包まれるそうだ。

五日なんてまだまだ先だと思っていたけれど、あっという間に時間は経っていくんだな……。

バス停の向こうから、ふらふらと歩いてくる人が見えた。ジャージ姿で寝ぐせがすごい男子。

「大和」

呼びかけると、彼は顔だけ前に「ん」と出し、不思議そうに見返してきたあと、

「ああ、加奈じゃん」

と駆け足でやってきた。

「おはよ。こんな早くどこ行くの？」

「部活。正月くらいやめればいいのに、翔先輩が張り切ってるんだよ」

そう言ってから「内緒な」なんて、私はチクったりしません。

「寝不足って感じだね。髪の毛くらい整えればいいのに」

「親戚が泊まりに来ててさ、遅くまでつき合わされたんだよ。本家ってやつは大変だよなあ」

「ほんとほんと。普段は電話もないくせに、お正月とお盆だけやってくるんだもんね」

だよな、と苦笑してから、

「加奈は町に行くの？」

大和が尋ねたので、当たり前という感じでうなずいた。

「ちょっと福袋を買いにね。人気のやつだから並ばないと買えないんだよ。ミカも誘ったけど、あの子も朝苦手だからひとりさみしく行くわけ」

「福袋かー。あれってはずれもあるんだろ？」

「それも含めて福袋なの。イオンならスポーツ用品の福袋もあるみたいだし、大和も買ってみたら？」

　お父さんが熱心に見ていたちらしを思い出して言うと、大和は「むむ」と口を尖らせた。

「イオンなんて車じゃないと行けないだろ。あー、都会に住みたい！」

「そんな気もないくせに。大和はこの町大好きじゃん」

「まあな」

　と笑う大和。こんなに明るいのに、彼もまた加奈を失ったんだ。幼なじみである加奈がいなくなり、どんな気持ちで過ごしてきたのだろう。

　彼に告白をしたかった加奈も、どんなに心残りだったことだろう。

　悲しみに直面したとき、感情をそのまま表に出す人は多いだろう。でも、なにもなかったように内に秘める人は強くて、そのぶんもっと悲しい。

　大和の悲しみがうつった気がして、

「この町っていいところだね」

　そうつぶやいた。

「まー、田舎だけどな」

　風の流れを追うように大和が目を細めている。

　バスが向こうからやってくるのが見えた。

「大和がこの町を守っていくんだよね。将来の自治会の組長候補なんだから、がんばってもらわないと」

大和、がんばってね。

「なんだよそれ。加奈も、みんなみたいに実は東京に憧れてるとか言うなよ」

「ないない。ずっとここにいるよ」

ふ、と笑みをこぼした大和が腕時計に目をやって、

「やべえ、行かなきゃ」

と顔をしかめた。

「じゃあな」

あっさりと歩いて行くうしろ姿を見て、

「部活がんばって！」

と声にした。がんばって、がんばって。

やってきたバスに乗りこむ。

すぐに動き出すバス。大和はもうこっちを見ることもなく、ふらふらと歩いている。その目はまだ風の行方を探すように、どこかへ向いていた。

悲しみが彼をまだ覆っているみたいだった。

天竜二俣駅につくと、顔を出したばかりの太陽がまぶしかった。

電車の時間まではまだ間があるので、駅前のベンチに座ってもう一度手紙を読むことにした。

昨日、また机の上に置かれていた手紙はおばあちゃんが置いたのだろうな。

手紙に書かれていた『家族の風景』は、私にとって大切な舞台だった。

最後まで演じきれた誇り（ほこ）と、憑依される怖さの両方が心に残っている。けれど、役に命を吹きこむ感覚をつかんだ今、鍵をかけていた記憶の扉が開いた。それは、幕が降りてすぐのこと。地響（じひび）きのような音を私はたしかに聞いたんだ。

再びあがる幕に私は、たくさんの人が拍手（はくしゅ）をしているのを見た。劇団員たちが私の背中をやさしく押して、中央に立たせてくれた。まぶしい光が私を包んでいた。

大雨が降っているかのように鳴りやまない拍手、私の名前を呼ぶ声。

あの日感じたことが演技の手ごたえだとするなら、昨日のミカとのシーンもそれに似たものがあったと思う。

それなのに、自分の家に帰ってしまっていいのかな……。

まだやり残したことがある。やらなくてはいけないことがある。

会ったことのない加奈が、私のなかに存在しはじめているのに、本当にこれでいいの？

す。
置き忘れたような古い電話ボックスに入ると、百円玉をひとつ入れて番号を押
「よくないよね……」

しばらく呼び出し音が鳴ったあと、

「杉崎(すぎさき)です」

結菜のお母さんの声が聞こえた。違う、本当のお母さんの声だ。

本格的に加奈に同調しているのか、思考が混乱しているみたい。

「お母さん、私」

「ああ、結菜。あけましておめでとう」

久しぶりに聞く声に、少し胸が熱くなった。

「今日まで長かったわねー。お母さんさみしくて仕方(しかた)なかったの。で、何時ごろつきそう？　浜松駅まで迎えに行くからね」

矢継(やつ)ぎ早(ばや)に話をする癖(くせ)に、自然に笑みが浮かんだ。でも、家に帰りたい気持ちと同じくらい、ここにいなくちゃいけないとも思う。

「あのね、お母さん――」

言いかけた私に、「待って」と、お母さんの声が聞こえる。

「なにか嫌なことを言おうとしているでしょう？」

さすが親子。私が日ごろ感じる嫌な予感は、お母さんから受け継がれているのかもしれない。

「あのね」と口にして目を閉じる。

「私、このまま最後までこっちにいようと思うの」

「は？　なに言ってるのよ。おせち料理だって今日に合わせて作ってるのよ」

おせち料理は嫌い、と言いかけてやめる。それは加奈の嗜好だ。

「やっと、本当のレンタル劇団員になれた気がしているの。なぜ私が指名されたかがわかった、みたいな……」

「でも、今日はお休みじゃないの」

不機嫌な声色になるお母さん。それはそうだろうな、と受話器を握り締めた。でも、口にしたことでここにいるべきだという気持ちは強くなっている。

「演技についてちゃんと向き合えるようになれたの。こんなの、たぶん初めてのことだと思う。六日には必ず帰るからどうかいさせてください」

「……そう。でも、お父さんとふたりきりなのは大変なのよ。正月早々、ケンカばっかりだし」

容易に想像できるのがつらい。どうしようか、と迷いながらも「あのね」と口を開いた。気持ちを言葉にすることにブレーキをかけるのはやめた。

言葉にしてもしなくても、どちらも同じように傷つくのなら、私が選ぶのは……。

「もし家族の誰かが亡くなったら、お母さんどう思う？」

「え？　なんの話を——」

「私は悲しい。お母さんが亡くなっても、お父さんだったとしても悲しい。いつ誰が亡くなるのかなんて、誰にもわからないよね。だから、後悔したくない。私にとっては全員が大切な家族なの」

　ちょっとしたボタンの掛け違いが、いずれ大きなことになっていく。子供の私になんてできることはないかもしれない。それでも言わずにはいられなかった。

「今、お邪魔（じゃま）しているご家庭がそんな感じなの？」

「詳（くわ）しくは言えないけど、みんな悲しいのに笑っている。悲しみを見せないように必死なんだと思う。いくらケンカばかりでも、やっぱり本当の家が幸せなんだってわかったの」

「……」

「今日電話でどうしても伝えたかったのは、ふたりとも私にとっては本当に大切だってこと」

　受話器越しにお母さんの呼吸音だけがしばらく続いていた。

「でも」、さっきよりも小さな声のお母さん。

「離婚するかもしれないのよ」

「わかってる。ふたりが本当にそれしかないと思ったのなら仕方ない。でも、もう一度ちゃんと向き合ってみて。お母さんのいいところはなんでもズバリ言うところだよね。でも、今回だけはお願いを聞いて」

「お願い？」

「本当にどうしたいのか、お互いの気持ちを怒らず、正直に話し合ってほしい」

また、沈黙。それでもどうしても言いたかった。

それは、お母さんとお父さんのためでもあるし、これから私がもう一度加奈になるためでもあるから。

「まあ……考えておくわ」

さっきより丸くなる声に安堵の息が漏れた。

「ありがと」

「でも、結菜どうしちゃったの？　なんだか別の人みたい。余計に心配になっちゃった」

そうだろうな、と思う。本当の家族の関係において、私にも反省すべき点はたくさんあると気づいたから。

なにも言わずに見ているだけの自分をやめたかった。ひょっとしたら、加奈が私に教えてくれたのかもしれない。

「こっちのことは心配しないで」

「わかったわ。じゃあ今日は帰ってこないのね」

「うん」

「お母さんも、ちゃんと考えてみる。それでいい？」

「うん」

うなずいてから、あとひとつ思い出した。これも伝えておいたほうがよいことだろう。

「テレビ業界には戻らないから」

「……ちょっと待ちなさい」

声色が変わってしまうお母さんに、「だって」と私は続けた。

「ひょっとしたら逃げているだけかもって思っていた。でも、違う。私が本当にやりたいことは、舞台に立ち続けることなんだってわかったの。ううん、ずっと前からわかっていた。言えなかっただけ」

「でも、テレビに出たほうが有名になれるのよ？　劇団にとってもそのほうがいいんじゃないの」

お母さんはテレビに出ることがすべてだと思っている。けれど、私は違う。

「お母さんには感謝してる。小さなころからずっと支えてくれたもんね。だけど、私は舞台に出続けたい。どんなに怒られても、今はそれしか考えられないの」

怒鳴られるかと思ったけれど、電話の向こうのお母さんは絶句したように黙っている。静かな呼吸音のあと、

「結菜どうしちゃったの？　なんでそんなふうに変わったのよ」

ひどく気弱な声が聞こえた。

「私は変わっていない。ただ、言えなかっただけ。いつも周りに気を遣ってばかりで、本当に言いたいことを言えなくなっていたの。だから、どこにいても息苦しかったんだと思う」

「……でも、お母さんは結菜の――」

言いたいことはわかる。だって親子だもの。

「お母さんにやっと本当の気持ちが言えてホッとしてる。聞いてくれてありがとう」

「……まだいいとも悪いとも言ってないわよ」

脱力しているのか張りのない声に、そっと目を閉じた。

「そろそろ電話切れちゃう。とにかく最終日までがんばるから。離婚の話はちゃん

と二人で話し合っておいてよ」

「待ってよ」

「テレビのオーディションはこれからは受けないからね」

「え、ちょっとそれじゃ話が――」

「じゃ、またね！」

ガチャンと電話を切ると、長かった苦しみが空に昇っていくような気がした。

大丈夫、ここからは加奈として残りの日を過ごそう。一応、イオンに行って福袋だけは買っていこうかな……。

電話ボックスのドアを開けると、ベンチに座っている女性が目に入った。

うつろげな目で背中を丸めて座っている人……。

「お姉ちゃん？」

姉である沙也加（さやか）だった。

目に見えるくらいビクッと体を震わせてから、お姉ちゃんはゆるゆると私を見た。

「え、加奈……なんでここに？」

「あー、ちょっとね」

「そうなんだ。あ、私もちょっとね……」

隣に座るのに勇気がいった。それは、お姉ちゃんの様子(ようす)があきらかにおかしかったから。

これまでのつっけんどんなそぶりもなく、あきらめたように体から力が抜けていた。

「すごくいい天気だね」

世間話をする私に「本当だね」と、お姉ちゃんは空に目をやった。横顔がやさしく、まるで別の人みたい。自分でも気づいたのだろう、お姉ちゃんはキュッと頬を固くした。

「加奈……。これから、どこへ行くの？」

「どこにも行かないよ」

「そう……」

「お姉ちゃんは？」

尋ねるとお姉ちゃんは足元に置いたバッグに目をやった。

「ちょっと友達のところ」

ぶっきらぼうな口調(くちょう)に意識して戻しているのが伝わる。そっか、そういうことなんだ。

「お姉ちゃんもどこにも行かないで。私たちの家に帰ろうよ」

ギョッとしたお姉ちゃんを見て確信した。お姉ちゃんも私と同じように雇われた人だったんだと。

「私も出かけるつもりだったけれど、家に戻ることにしたの。お姉ちゃんも最後までやり遂げてほしい」

予想の答え合わせをするように、お姉ちゃんは「ああ、もう」と肩を落とした。家では一度も見たことがないような、すねた顔をしている。

「うまくやってる自信はあったのになあ」

「すごく自然だったよ。私、信じて疑わなかったもん」

私の言葉にうれしそうにお姉ちゃんは笑った。初めて見る笑顔は子犬みたいに人懐っこくて、しかめ面しか見たことがなかったから驚いてしまう。

「加奈も上手だったよ。でも、途中で気づいちゃった」

「……だよね」

「昨日あたりからやけに自然だったから半信半疑だったけど、ここにいるってことは、今日休みなんだね」

ふふ、と笑う共犯者に、周りを見渡した。誰も私たちを注視していない。

「でもさー」

軽い口調になったお姉ちゃんがぼやく。

「なにがなんだかわからないよ。私のこと、誰も沙也加だって疑っていないのよ。神社に行ったら普通に話しかけてくるんだもん。ホラーっぽくない？」

「シッ」

たしなめる私にクスクスと笑うお姉ちゃん。

「驚かせないでよ。大丈夫、ここには誰もいないじゃない」

「でも、ダメ。だって私たちは加奈と沙也加なんだから」

「真面目(まじめ)ね。でも、ちょっと反省したわ」

別人のように笑うお姉ちゃんを見てある考えが浮かんだ。背筋に冷たいものが這(は)いあがってくる感覚に思わず息を止めていた。

沙也加もレンタル劇団員だったとしたなら、姉弟三人ともが雇われている人ってことになる。それはつまり――。

「あ、あの……」

顔を近づけて息を整えた。

「本物の沙也加さんて、ひょっとして――亡くなっているの？」

「ああ、そのこと？」

肩をすくめるとお姉ちゃんは「大丈夫」と言った。

「なんかね、本当の沙也加は東京にいるんだって」

「東京に？」

「家出中って資料に書いてあった。結構昔の話みたいよ」

「でも、生きているならどうしてレンタル劇団員を雇ったの？」

「シッ」

お姉ちゃんはさっき私がしたことと同じように人差し指を立てた。

「私たちは沙也加と加奈、そうでしょう？」

「たしかに」

笑い合う私たちは、はたから見れば本当の姉妹のように見えるだろう。

「これから本当の家に帰るところだったの？」

ホームのほうを見て尋ねるお姉ちゃんに、私は首を横に振った。

「そのつもりだったけど、夏見家に戻ることにしたの」

「さすが姉妹。実は私もそう決めたところだったんだよね」

立ちあがるお姉ちゃんが、バス停に向かって歩きだすのでついていく。

「私ね、あなたのこと知ってるの。ていうか、今確信したばっかりだけど」

「え？」

戸惑う私の耳に口を寄せて、

「劇団はままつ」

とお姉ちゃんは言った。

「……うん」

「やっぱりそうなんだ。でもすごいよね。テレビに出てるときもすごかったけど、私は舞台に出ている結菜ちゃんのほうが好き。生き生きしてるし、憧れるもん」

「え、本当ですか？」

思わず敬語になってしまった。

「私は名古屋の劇団にいるんだけどね、劇団はままつは有名だよ」

「そうなんだ……」

「最後までがんばろうね」

まっすぐに私を見つめるお姉ちゃんに、私は決意をこめてうなずいた。

家に戻ると、お母さんが「あらあら」と目を丸くしていた。

「ふたり揃って帰ってくるなんて珍しい！」

「へへ」

と笑う私に、お姉ちゃんは「別に」と短く言った。

「たまたまそこで会っただけ」

プイとソファに行くと、寝転がっているお父さんに「邪魔なんだけど」なんて言ってる。慌てて飛び起きるお父さんに笑える。

庭から戻ってきたおばあちゃんも驚いている様子。

「加奈ちゃん、友達と会うんじゃなかったの？」

「そのつもりだったんだけど、みんな忙しいみたい。福袋も売り切れだったから帰ってきた」

「そうかね」

うれしそうにおばあちゃんは庭で採れたパセリをお母さんに手渡した。

「ただいま」

声に振り向くと拓也が疲れた顔でリビングに入って来たところだった。

「お兄ちゃん部活は？」

「あー、メンバー揃わなくて中止。あいつらたるんでるんだよ」

不機嫌な顔で水筒を流しに置く。

「すごいなあ」

突然お父さんが声をあげた。

「昼間に家族全員揃うなんて珍しい」

「本当ね。じゃあ、お昼はお寿司でも取っちゃう？」

お母さんの声に「乗った！」と拓也が叫んだのでみんな大笑いする。

みんなでお寿司屋さんの出前メニューを見ているときに、私は思う。

加奈と翔が亡くなったあと、この家族は悲しみのなか、日々を過ごしてきたのだろう。

お父さんとお母さんはどれだけつらかったことだろう。おばあちゃんはどんな気持ちで過ごしてきたのだろう。

東京にいるという本当の沙也加は、ふたりの死をきっかけに家出したのかな……。

疑問を胸に秘め、もう一度決意する。

最後までやり遂げるんだ。

それが、きっとここにいる全員のためになるのだから。

第六幕

# 君のために雪が降る

The IF of that day when I found with you

部屋のノックがされたとき、すぐに誰が来たのかわかった。

「どうぞ」

課題である数学の問題集を閉じると加奈の名前が丸い文字で記してある。

きっと、加奈は冬休みの間に亡くなったのだろうな。だから途中までやってある課題が残されることになったのだろう。おそらく、去年の話だろう。

おばあちゃんは、もういなくなった家族の再現をしたくてレンタル劇団員を雇ったんだ。いろんなことが冷静に分析できている気がする。

もうこれ以上の調査は自制し、最後まで加奈としてここで演じることを決めた。

「おっす」

部屋に入って来たのは、やはり拓也だった。

「あと少しで出かけるってさ」

「うん。用意できてるよ」

赤いリュックを指さすと、拓也は「大荷物だな」と顔をしかめた。

「俺なんて財布だけだぜ」

「だってさ、カイロとか飲み物とか持っていきたいし。それに万が一があるから絆創膏とか消毒液もね」

「あいかわらず気がつくことで」

呆れたように、でもやさしい声が耳に届いた。

「どんなまつりなんだろーな」

そんなことを拓也が言うから、思わずムッとしてしまう。

「なに言ってるの。毎年行ってるでしょ」

「灯籠にろうそくを灯すって言ってたけど、山火事とかにならないのか心配。同じ浜松市でも、知らないことってあるんだな」

窓の外を眺める拓也に、

「どうしたの」

と尋ねる。家族で毎年参加していた、という設定を無視している。あれほど役になりきるようにアドバイスしてたくせに、彼らしくない。

「もういいから、行こうよ」

立ちあがる私に拓也が「なあ」と短く言った。

「俺たち、これでいいのかな？」

「ちょっと……」

「夏見家のために演技していることが、本当に家族のためになっているのかって心配になるんだよ」

不安げに揺れる瞳を見ていると思い出す。

いつだって最後の出番前に弱気なことを言っていたっけ……。それまでどんなにすばらしい演技で観客を魅了していたとしても、最終シーンの前に自信をなくしてしまうのが常だった。

彼も不安なんだ。

「そうだよね。脚本のない舞台ってはじめてだもんね」

小声で言うと、彼はため息を鼻からこぼした。

「翔になりきろうって思ったけど、実在していた人を演じるのって難しいよな」

翔のことを『実在していた』、と表現した拓也もまた、彼がこの世にいないことを悟ったのだろう。

「部活には行ってるんでしょ？」

「いや。駅前で時間つぶしてた。冬休みの課題があったから助かったけど、喫茶店に長居してたから金ばっかかかったわ」

苦い顔の拓也に笑ってしまう。

時計を見るともう六時半。そろそろ出かけなくてはならない。

「ね、拓也」

「ん？」

「きっと私たちは今できることをぜんぶやってるよ。まだまだ実際のふたりには程遠いとは思うけど、この家族のためにやれることはしていると思う。ううん、そう信じてる」

「だな」

なんて言ったけど、きっと拓也は本気で思っていない。現に、浮かない顔はそのままだ。

「加奈さんのことは私もわからないよ。でも、この家族のことは短い期間だったけどわかってきた。残された人たちが笑顔でいられるよう、私は最後までがんばる。それしかできないし、そうしたいと思うの」

加奈の伝えたかったことを精いっぱいやる。そう決めてから、心は揺れなかった。

いぶかし気に眉をひそめた拓也が、

「なんか、前と全然違うじゃん」

とつぶやいたので力強くうなずいてみせた。

「そう思わせてくれたのは拓也だよ。劇団はままつのすごさを見せてやろうよ」

湿り気を含んだ瞳で拓也はしばらく黙っていたけれど、ようやく「だな」と小さく笑みを浮かべた。

「悪かった。なんか俺、情けないな」

「いつものこと。最初は私が全然ダメで、最後は拓也がダメ。でもふたりで乗り越えてきたでしょ。それに、この舞台には劇団存続が懸かっているんだから！」

右手で拳を作ると、

「声でけーし」

苦笑した拓也が私の頭に手のひらを置いた。

「わかったよ。がんばるから」

それはちょっと卑怯だと思う。せっかく同じ劇団員として接しているのに、そんなことされたら期待してしまうよ。

でも、今日の私は違うみたい。

「私も負けない。見てて、演技じゃなく本当に加奈になってみせるから」

今はただ加奈のこと、そして家族のことを考えている私がいた。

最後のシーンを拓也と演じ切ることが、なによりも大切なんだと思った。

ドアノブに手をかけると、拓也が静かにうなずいた。

私たちの最後の幕が今、あがる。

神社へ続く道は燃えているようだった。

すでに点灯された灯籠の光が、夜のなかでオレンジ色に揺らめいている。この町にこんなに人がいたのかと思うほど、坂道はにぎわっていた。

いたるところで交わされる挨拶はどの声もやさしくて、暗闇に染まりゆく景色のなか、白い息を生んでいる。

「すごいね」

思わずつぶやいてしまう私に、隣を歩くお姉ちゃんがチラッとこっちを見たけれどなにも答えない。

置いてある灯籠を覗くと、ペットボトルくらいの大きさの筒のなかでろうそくが静かに揺れていた。風のせいだろう、消えてしまった灯籠を、背にボランティアスタッフと書かれた白いジャンバーを来た人が点火して歩いている。

おばあちゃんとお父さん、お母さんは、送迎車で神社まで行くそうだけど、待合所には長い列ができている。

「私たちのほうが先に着くかもね」

お姉ちゃんは「かもね」と興味なさげに口にし、さっさと歩いて行く。

私はうしろを歩く拓也と並んだ。

「寒すぎるよな」

両手で体を抱きながら拓也はぼやいている。

「そりゃ、そんな恰好だもん」

肩をすぼめる拓也は、ジャージの上に薄手のジャンバーを羽織っているだけ。男子って薄着でいることを好む生き物なのかも。

「ま、上につけば歩き回れるからなんとかなるだろ」

「あれだけの人が上に行くなら、そうとう混むんじゃない？」

「いつも半分くらいの人しかあがらないじゃん。やっぱ、下から見たほうがキレイだしな。滝とかだって、地上から全体を見るほうが人気だろ？　あれと一緒なんだよ」

上を見上げる視線に、私も顔をあげる。さっきより増えた灯籠は、空への道を示しているみたい。ほのかなオレンジ色が夜のなか、幻想的に光っている。

「加奈、見っけた」

急に腕にからみつかれて驚く。

「あ、実莉」

こちらは帽子にマフラー、ダウンコートという恰好で実莉は「へへ」と笑う。

「ミカもいるよ。あれ、いない。いた！」

キョロキョロとする実莉のずいぶんうしろで、息も絶え絶えにミカが坂をのぼってくるのが見えた。遠くでも白い肌が目立っていた。

「もう、実莉早すぎる……」

やっと追いついたミカに、

「だって階段のほうがキツイ、ってミカが言ったんじゃん」

なんてけろっと実莉は答えている。

「階段なんてムリにきまってる。でも坂道もつらすぎる。せっかくお風呂入ってきたのに汗かいちゃうよ」

「それより早く行かなきゃ。大和とはぐれちゃうでしょ。あいつ、ひとりでさっさと階段のぼっていったんだから」

ぷんと怒る実莉に、私は「ああ」とうなずく。

「大和はせっかちだからね」

「そうだよ。さっきだって約束の二十分前にうちに来たんだよ。急がなくたって花火まではまだまだ時間があるってのに『早く早く』ってうるさいったらありゃしない」

花火があるんだ、と新たな情報が入っても大丈夫。頭で考えることをやめてからは、自然に加奈になれている。そう、これまでは加奈になりきることだけを考えすぎて、頭でっかちになっていた。資料に書いてあったことを頭じゃなく体で表現する、そんな基本的なことも忘れてしまっていたんだ。

そうとう疲れているのだろう、ミカは手すりに体を預けたまま首を横に振った。

「みんなで先に行ってて。私、ゆっくりあがるから」

「いいよ。じゃあ、私と一緒に行こう」

細い腕を取ると、うれしそうにミカはほほ笑んでくれた。

「ずるい。あたしもあたしも！」

結局、実莉も一緒に行くことになった。もうお姉ちゃんも拓也も先に行ってしまったようだ。

さっきよりも灯籠の光が強くなったように見える。数が増えるとともに、どんどんあたりが暗くなっていくからだろう。

「大丈夫？　疲れたら休憩しようね」

「じゃあ手をつないで。できれば引っ張って」

なんてミカは言ってくるので手を差し出した。引っ張りはしないけれど。

「そういえばさ」

前を歩く実莉が振り返った。

「あたし、高校を卒業したら東京に行くんだ」

「え？」

驚く私より大きな声でミカが言った。

「前から言ってるでしょ。将来はパティシエになりたいんだ。だから、東京の専門学校に行こうと思ってるの。来年になったら学校見学にも行くつもり」

「でも、そんなの東京に行かなくたって、浜松にだってあるでしょう?」

　ミカが、大和が前に言ったことと同じ質問をした。

「でも、その専門学校ってね、実習が八十パーセントもあるんだ。より実践に近い勉強ができるわけ。それに東京なら、最新の流行も追えるでしょ」

　実莉の決意はきっと固い。ミカもわかったのだろう、つなぐ手に力が入っている。

「といってもさ」と急に軽い口調で実莉は腕を組んだ。

「親は大反対してる。『まだ先の話だら』なんて言うんだよね」

「なんだ、びっくりしたー。おばさんがいい、って言うはずないと思ったもん」

　ミカが片方の胸に手を当てて安堵の息を吐いた。

「でも、あたしは決めてるんだよね。来年になったら学校見学も行くし。もちろん親には内緒だけどね」

　もう実莉は将来に向けて動いているんだ。

　そうして気づく。冬休みの課題を途中までやっていたということは、加奈と翔が亡くなったのは去年の今ごろのことだろう。実莉をはじめ、加奈と同級生だった人たちは、みんな今は高校二年生になっていることになる。

実莉たちにとっての将来は、もうすぐ目の前にあるんだ。

資料の写真がどの人も幼く見えていたのはそのせいだったんだと、ようやく理解した。彼らは加奈よりも先の人生をもう歩き出している。

そんなふたりに私が言えることは……。

「私は実莉のこと応援するよ」

そう言った私に、彼女はうれしそうにはにかんだ。

「ええっ？」

こちらはミカ。未だに反対してるのだろう。

「この町はいいところだよ。でも、夢をかなえるには小さすぎるんだよ」

手すりにもたれるようにして実莉は景色を見つめている。

「でも、どうしても夢をかなえたい。ミカも応援してよね」

「……うん。さみしいけどね」

そう言ってからミカは私を見つめた。あなたはどこにも行かないで、そう言っている気がした。

どこにも行かないよ、とうなずき返す。

「ミカはどうするの？　大学に行くの？」

「そのつもり。でも、具体的には決めてない」

「まだ高校一年生、されど高校一年生」

名言めいたことを口にして実莉はまた坂道をのぼっていく。

加奈は、どうだったのだろう。加奈はどんな未来を夢に描いていたのだろう。

「あ、見えて来たよ」

指さす実莉の先に、本堂の灯(あか)りが光っている。

あと少し、あと少しとミカを励ましながら歩いて、ようやく鳥居(とりい)にたどり着いた。

そこは、異世界のようだった。

照明だけじゃなく、屋台(やたい)もたくさん並んでいて、まるで遅れて開催されている夏まつりみたい。風に乗って甘いにおいが鼻腔(びこう)をくすぐってくる。

灯籠は神社をぐるりと囲むようにいくつも置かれていて、天国に来たみたいな気分になった。

「遅かったなー」

黒いコート姿の大和が私たちを見つけてやってきた。私を見ると、「よお」と軽く挨拶(あいさつ)をした。

「よお、じゃないよ」と実莉が両手を腰に当てた。

「大和が早すぎるんだよ。あたしたちは女子なんだから、ちょっとは気を遣(つか)いなさいよ」

「へえ、実莉が女子ねぇ」

「うるさい！　あたしだけじゃなくて、加奈だってミカだって女子だもん」

「それは認める。お前は認めない」

ふたりのやり取りがおもしろくてケラケラ笑ってしまう。

友達っていいな……。

本当の私と違って加奈は幸せだ。幸せだった。

自分を理解してくれている誰かがいるのって、なによりも強い力になるんだ。

私も自分から話しかけることができるのかな。スキー旅行だってあんなふうに断ってしまったけれど、もっと事情を説明すべきだったのかも。

「ちょっと、聞いてる？」

おーい、と大和が目の前で手を振ったので我に返った。

「あ、ごめん。なんか疲れちゃって」

「運動不足。加奈もミカもちょっとは運動しなきゃ」

アキレス腱を伸ばす実莉に言い返せず、私はミカと顔を見合わせた。

そしておどけたように笑みを交わした。

「にしても、今年は人が少ないよな」

私からすれば結構な人出だと思うのに大和はそんなことを言った。実莉も同意するようにうなずきながら見回している。

「花火の時間になったら増えるんじゃない？」

そう言うと、「だな」と大和は言ってからぽんと手を打った。

「忘れてた。加奈の家族、もう集合してたぞ」

「いけない。忘れてた。ちょっと行ってくるね」

歩きだそうとする私の手をミカがぐんと引っ張った。

「花火は一緒に見ようね」

「もちろん。じゃ、あとでね」

手を振って歩きだす。本堂へ続く幅の広い道を進む。両端にある屋台はあとで回ろう。

待ち合わせ場所はトイレの前。

「加奈ちゃんじゃない？」

おばあちゃんが私をまっ先に見つけてくれた。

「おお、来た来た」

お父さんが手を挙げた。

「もう加奈、遅いじゃない」

お母さんが言葉とは裏腹に笑っている。

「遅すぎ」

ぼそっと低音のお姉ちゃん。

「罰としてたこ焼きだな」

拓也はにひひと笑っていた。

これが私の大切な家族。

「ごめんごめん。実莉たちとしゃべってたら遅くなっちゃった。おばあちゃん寒かったでしょ？」

「平気やて。それよりほれ」

千円札を渡されて「ありがと」と受け取った。

「じゃあおばあちゃん、一緒になにか食べようよ」

「私はいいよ。こんな時間から食べたら調子がおかしくなっちゃう」

「飲み物はどう？　一緒に探しに行こうよ」

手をつなぐと意外にもシワの少ないきれいな手だった。

結局、おばあちゃんはお茶のペットボトルを、私は綿菓子を買った。

何度も実莉たちとすれ違い、味見のし合いをした。ミカとはカステラボールをわけ合った。

お父さんとお母さんは花火の場所取りに向かい、お姉ちゃんは単独行動。拓也は同じ部活らしい男子たちとはしゃいでいた。

花火を見る場所へ向かう道すがら、おばあちゃんが「加奈ちゃん」と言った。

「なに？」

「実莉ちゃんは東京に行くみたいだね。さっき張り切って報告してくれたよ」

「実莉、そんなことまでおばあちゃんに言ったの？　外堀から埋める作戦なんだ」

感心しながら綿あめを口に含むと、雪のようにすぐに溶けた。

「加奈ちゃんは好きにすればいいからね」

前と同じことを言ってくれるおばあちゃん。加奈はきっと、こう答えるだろう。

「私は考えてないよ。なんにしてもこの町にいて、おばあちゃんと一緒にいる」

うれしそうにほほ笑む横顔に、私もうれしくなった。

本堂の裏手の砂利道まで灯籠が進出していた。到着するころには、私とおばあちゃん以外の全員が揃っていた。

草むらに青いビニールシートを敷いていて、周りにも家族連れの姿が増えてきている。

「お待たせ」

たこ焼きとやきそばを交互に食べている拓也の隣に座った。

「そろそろ時間だな」

「うん」

みんなの顔がほのかな光に照らされている。まるでここは天の川のなかだ。

眼下にも無数の星たちがまたたいている。

「こんばんは」

実莉たちもやって来た。

「私、加奈の隣」

真っ先に左隣に座るミカに、

「ずるい！」

実莉が声をあげるので、拓也が渋々どいてくれた。うしろに拓也と大和が並んで腰をおろしている。先輩後輩で花火を見るなんて少し笑えた。

「あ、時間だ。はじまるよ！」

実莉が声をあげたけれど、そこからしばらく空には薄雲が流れているだけだった。

「時間どおりにはじまったことなんてないもんね」

隣に座るミカがフォローする。

「ちょっと天気が悪いね」

私がそう言ったときだった。

ひゅるるるる

急に音が響いたと思ったら、目の前で花火が開いた。少し遅れて爆発音が地を震わせた。

「すごい！」

思わず叫んで左を見ると、ミカの横顔が照らし出された。すぐに暗くなる世界に、またひとつ空に花が咲く。

わーと歓声があがり、拍手の音が聞こえた。けれど、次の花火はなかなかあがらない。

「ねえ、加奈」

右側の実莉が花火を見逃さないように空に目をやったまま言った。

「もしも東京に行っても、ずっと友達でいてね」

「そんなの当たり前。約束しなくても私たちは友達でしょ」

「だよね」

目を細めて笑う実莉の顔が、冬に咲く花火に照らされた。

一発一発の間隔は長くても、美しく空を染める花火はまるで魔法みたい。幻想的な光景をまぶたの裏にしっかりと刻みつける。

「おばあちゃん見てる？」

斜め前に座るおばあちゃんに尋ねると、

「今年もきれいだねえ」

と丸い声が聞こえた。

やがて花火は連続で空をにぎわした。短い花火大会のクライマックスだとわかる。

息をするのも忘れ、じっと見つめた。

泣きたい気持ちがこみあげてきても我慢する。

だってこれは、私の舞台のラストシーンなのだから。

もしも加奈がこの場所にいたなら、きっと彼女の顔には笑顔があふれていたはず。

最後にひときわ大きな花火が咲くと、空には黒い煙だけが残っていた。

拍手のあと、冬の思い出を胸に、みな家へ戻っていく。

冬まつりが終わった。

同時に、私への依頼も終わりを告げようとしている。

まつりの終わりは誰もが無口になる。立ちあがってしばらくは、みんな名残惜しそうにその場を動かなかった。

そんななか、いつの間にかいなくなっていたお父さんとお姉ちゃんが向こうから歩いてくるのが見えた。

「よし、じゃあ夏見家の恒例行事をしよう」

手にはいくつもの灯籠を持っている。

「今年も実莉ちゃんたちの分もあるからね」

お父さんがそれぞれに灯籠を手渡していく。結局ミカは灯籠の予約をしなかったらしく、お父さんに丁寧にお辞儀をして受け取っている。

「よし、俺が火をつけていくからみんな願いごとをしっかりとするんだぞ」

チャッカマンを手にしてお父さんが言うと、みんなが輪になって腰をおろした。

私も地面に置いた灯籠に手を合わせた。

――ねえ、加奈。私はあなたを演じられたのかな。

最初は実在する人を演じるなんてできないと思っていた。なりきるにはどうすればいいか、そればかり考えていた。

でも今は違うんだ。私が元々あなたであったような感覚ですらあるの。

たくさんのやさしい人に囲まれて育ったんだね。

今、あなたは空で私を見てくれているの？

ううん、きっとここにいるはず。

私は願うよ。あなたとあなたの家族、そして大切な友達の幸せを。

そっと目を開けると、私の灯籠がオレンジ色に輝いていた。家族や友達の灯籠にも火がつき、彼らを幻想的に見せている。

加奈も見てくれているのかな、この光を。

あなたになれて、私は幸せだったよ。

この灯籠は天国への階段。先にそこで待っていて。

私はこれからもこの町を訪れようと思う。そして、あなたにいつか家族や友達のことをたくさん報告するからね。

ありがとう、加奈。ありがとう。

今、私の舞台の幕がおりようとしている。

そう、思った。

願いはひとつ、『加奈の家族がこれからも幸せでありますように』。


うっすら漂う火薬の残り香のなか、誰かが「ありがとう」と言った。

加奈？　と思ってしまい、すぐにそれを打ち消す。そんなことあるわけがない。

砂利を踏む音がして、私の前に立ったのはお母さんだった。

「え……なに？」

なにかやらかしたのかも、と心配になる。

やさしくほほ笑んでいるお母さんは、

「結菜さん、私のために本当にありがとう」

私の本当の名前を呼んだ。一瞬、頭が真っ白になる。今……なんて言ったの？

けれど私は笑みを顔に浮かべた。

「なに言ってるの？　それより寒いから帰ろうよ」

明るい声で言うけれど、お母さんは静かに首を横に振るだけ。そして、周りにいる人たちに向かって頭を下げた。

「皆さんも、本当にありがとうございます」

急に変わった雰囲気に隣のミカを見ると、唇をきゅっと締めうつむいている。初めて会った日と同じようになにかに耐えているような表情だった。

お母さんは両手を前で重ねると、ふうと息を吐いた。

「私のためにしてくれたこと、本当に感謝しています」

気づくと私たちの周りにはいつの間に来たのか、たくさんの人が立っていた。近所のおばさんや、神主さん。あ、洋子さんと一綱さんまで……。

なにがどうなっているのかわからない。でも、どの人もやさしい瞳でお母さんを見ていた。

「家族……ううんレンタル劇団員の皆さんには、きちんと説明したいんです。だから、最後まで聞いてください」

お母さんは私がレンタル劇団員ということを知っていたんだ……。思わず拓也を見ると、彼は静かに首を縦に振った。

お母さんが、おばあちゃんのほうを見た。

「冬がはじまるころでした。一緒に住んでいたお義母さんが亡くなったんです」

なにか……大きな大砲で撃たれたような感覚。ふらつきそうになる私の腕を大和が支えてくれた。

「あ……」

ありがとうも言えず、視線を戻す。

おばあちゃんが亡くなった？ え、それっていつのこと？ だっておばあちゃんはそこにいるのに。

よくわからない。わからない。わからないよ。

「そうだったのですね。なにかあるとは思いましたが、そういう事情だとは知りませんでした」

おばあちゃんの声はさっきまでとまるで違う。曲がっていた腰を伸ばし、やさしくお母さんの手を握るおばあちゃん、彼女もまたレンタル劇団員だったんだ……。

「その年の大みそかの夜のことは忘れられません」

お母さんが私たちを見た。視線の先を追う。私、そしてお父さん、お姉ちゃん、拓也を順番に見ていく。

　背筋を冷たい物が駆けあがる感覚があった。聞きたいけれど聞きたくない、と私のなかの加奈が叫んでいる。

「沙也加と加奈が大ゲンカをしたの。たまに言い合うことはあっても、あの日はお互いに一歩も譲らなかった。今思えば、あれは予感だったと思います」

　呼吸を整えるように深く深呼吸をしてからお母さんは私を見た。

「初詣には結局、お父さんと翔、そして加奈の三人で出かけて行ったの。私は、沙也加と家で留守番をすることを選んだ」

　足もとが震えている。姿を現しつつある真実の正体は、きっと……悲劇だ。

「深夜、寝ていると家の電話が鳴ったのよ。電話の相手のかたは『ご家族が乗った車が事故に巻きこまれた』、そう言ってた」

「そんな！」

　気づけば叫んでいた。見ると、ミカも実莉も泣いている。

　どうなっているの……？

「電話の声の人はひどく事務的でね、はじめは悪い冗談かと思ったの。でも、本当だった」

　そこで一旦言葉を区切ったお母さんは、自分を奮い立たせるように大きく息を吐いた。

「あの日、『行ってきます』と言ったのを最後に、三人はもう戻って来なかった。二度と『ただいま』の声を聞くことができなくなった。たったひとつの事故が、お父さん、翔、加奈を私の前から連れ去ってしまったの」

そっか、お父さんもレンタル劇団員だったんだ……。

膝から力が抜けていく。崩れるように座りこんでしまう私の腕を、大和はまだ支えてくれていた。

「そんなの……ないよ」

一気に視界が歪んで、涙があふれた。加奈と翔だけじゃなかったんだ……。

「ショックを受けている沙也加にもなんの言葉もかけてあげられなかった。ただ悲しくて、なんにも考えられなかった。それからのことは覚えてないの。気づけば沙也加は家を出てしまっていた。あの冬、家族はバラバラになってしまったのよ」

お父さんも初めて知ったのだろう、呆けたような顔をしていた。おばあちゃんは自分に言い聞かせるように目を閉じている。お姉ちゃんは、もう泣いていた。

拓也は、と見ると、彼はまっすぐにお母さんを見つめていた。まるですべてを知っていたかのように冷静に言葉を受け止めているように見える。

「私は、神様を恨んだ。気がつけばひとりぼっちなんて、あんまりだと思った。私も一緒に逝きたかった。だって、もう私にはなにもないから……」

　そんな悲劇が起きたなんて、どれだけ苦しかったことだろう。どれほど運命を憎んだことだろう……。

「レンタル劇団員の話を聞いたとき、すぐに断ったの。偽物の家族と冬まつりに行けても、それがなんになるの、って……。だけど、弱っていく私を、町の皆さんが説得してくれたのよ」

　周りにいる人たちの顔は暗闇で見えないけれど、鼻をすする音がいたるところから聞こえてくる。

「今日で区切りをつけることができました。町の皆さん、そして、レンタル劇団員の皆さんのおかげです。本当にありがとうございます」

　もう一度頭を下げてから、お母さんは私をやさしく見た。涙でうまく見えない。

　こんなことってないよ。あんまりだよ……。

「皆さん、すごいのね。顔は似ていなくても私の家族みたいだった。特に加奈、うん、結菜ちゃんは立ち居振る舞いまでそっくりで、本当にうれしかった」

　鼻をすすって立ちあがる。

「お母さんが……依頼人だったの？　もう一度家族に会うために、おかあ――」

　最後は声にならなかった。悲しみの海にざぶんと落とされたみたいに、なにも見えない、なにも考えられない。

「ううん。違うの」

お母さんが足を進めた先にいたのは……拓也だった。

「拓也くんが依頼人なの。今回のことは、彼が提案してくれた」

「嘘……」

拓也は私のつぶやきに静かに肩で息をした。お母さんが「あのね」と口を開く。

「翔と拓也くんは昔からの友達だったの。翔は昔、結菜ちゃんのいる劇団はまっにいたのよ」

「え……?」

「結菜ちゃんが覚えてなくても仕方ないの。テレビで忙しい時期だったし、翔も数年で辞めちゃって、それ以来サッカーに打ちこんでいたから。それでも、いつか芸能界に行きたい夢は持ってたみたい」

ふと、資料に添えられた加奈の写真を見たときの既視感を思い出した。記憶にはなくても、どこかで翔に会っていたんだ。だから翔に似ている加奈の顔に反応してしまった、と今ならわかる。でも、それがなんだっていうの……。

「拓也、ねえ拓也。本当のことなの?」

気づけば拓也の元へ行き、腕をつかんでいた。

「翔さんは親友ていうか、気の合う先輩だった。部活を引退したら劇団に戻ってくるはずだったし、その日をずっと楽しみにしてた。でも、あの日、おばさんからの電話を受けて、そんな日は永遠に来ないことを知った」

拓也の瞳に涙が滲んでいる。それはすぐに瞳からこぼれ落ちた。

「俺は葬式にも行けなかった。そんなことしたら、あいつの死を受け入れるような気がしたから。おばさん、ごめん」

「いいのよ。そんなのいいの」

悲しみのなか、ほほ笑むお母さんに、どんな言葉をかけてあげればいいのだろう。ただ白い息をこぼすしかできないなんて。

「しばらくして、大和から連絡がきた。おばさんが憔悴し切っていることを聞いた。きっとそうだろうと思っていたのに、知っていたのに……俺は気づかないフリをしてたんだよ」

拓也に負けないくらい、大和の鼻も真っ赤になっている。たくさんの人が悲しんで、苦しんだんだ……。

「家族みんなで冬まつりに行く、というのは昔から夏見家の恒例行事なのは知っていたから、せめてそれだけでもかなえてあげたかったんだ」

「でも、でもっ。依頼ってタダじゃないでしょう？　家族全員が劇団員ってことは、お金だって……」

何日もの間、劇団員を泊まりこみで雇うなんて不可能だ。拓也はなぜか薄くほほ笑んだ。

「最初は何年かかってでも俺が返していくつもりだった。だけど、スポンサーが見つかったんだって」

「スポンサー……?」

「スポンサーになってくれた人の指示で、結菜に手紙を送っていたってわけ」

いたずらのネタバラシをするみたいにほほ笑む拓也に、思考はまだショートしたまま。うまく現状の把握(はあく)ができないよ。

お姉ちゃんとお父さんが私を見てうなずいている。

「でもね」とお母さんが言った。

「せっかく拓也くんが勧めてくれたのに、私はずっとうなずけなかった。今年、劇団はままつがなくなるかもしれない。その話を聞いて、やっとその気になれたのよ」

お母さんの言葉にようやく思考が動き出した気がする。まだ泣いているミカ、実莉、そして大和を見る。

「あの……聞かせてください。加奈さんたちが亡くなったのはいつのことですか?」

しん、とした間が流れ、そのあとお母さんは口を開いた。

「三年前の大みそかのことなの」

三年前……。口のなかがカラカラに乾いている。冷たい風も感じない。

「じゃあ、じゃあ……」

ボロボロとこぼれる涙を拭う私のそばにミカが立った。

「私たち、本当は結菜さんより三つ年上なの」

「え……」

実莉も「ごめん」と言う。

「あたしも今は東京の専門学校に行ってる。だけど、ずっと加奈のことが心に引っかかっていた。ちゃんと、お別れができれば、ってずっと願っていたの」

大和は唇を噛んでうつむいていた。

「そうだったんだ……」

お母さんの夢をかなえるために、拓也が発案し周りの人たちが協力して、ひとつの舞台を作りあげたんだ。あの冬の自分たちに戻り、冬まつりで家族の再会をさせたなんて、そんなこと思いもしなかった……。

お母さんはもう泣いていなかった。

「なくしてから初めて気づくことってあると知ったの。いて当たり前だった家族が一瞬で消えて、私も死んだように生きていた。あとを追うことも考えたけれど、いつか沙也加が戻ってくるかもしれない。そう思って生きてきたの」

息が吸えない、吐けない。私が想像するよりも何倍もの悲しい過去に、お母さんはずっと囚われているんだと思った。

「皆さんは家族を大切にしてください。私のようにひとりになってから、大切さに気づいてほしくないんです」

「お母さん……」

声に出す。目が合ったお母さんに私が伝えたいこと。ううん、加奈が伝えたいことは……。

「お母さんはひとりなんかじゃないよ」

「でも、ひとりなのよ」

「違う……」

「でも、夢がかなったの。だから、もういつ死んでもいいと思えたわ。早くみんなに会いたくなっちゃった」

「違うよ！」

泣きながら私は叫んでいた。

「お母さんはひとりなんかじゃない。だって、こんなにたくさんの人がお母さんのためにがんばってくれたんだもん。それに私だって、お母さんが元気でいてくれなくちゃ安心してあの世で暮らせないよ」

　嗚咽をこらえながら、もう私は加奈になっていた。

「お母さんには長生きしてほしい。そんな弱気なことを言うの、お母さんらしくないよ」

「そうやて」と、おばあちゃんがうなずいた。

「頼子さんは強くてたくましいんだから大丈夫やて」

「お母さんががんばって生きてくれないと、お父さんたちだって会いたくないよな？」

　とお父さんが隣にいるお姉ちゃんに尋ねた。

「私は生きているんだから、いつか絶対に会えるって」

　ぶっきらぼうに言ってから沙也加は少しほほ笑んだ。

　拓也が一歩前に進んでお母さんの肩を両手でつかんだ。

「元気になってもらうためにやったことです。だからこそ、生きてください。生きて生き抜いてください」

「ああ……」

　両手で顔を覆ったお母さんが何度もうなずいた。

「これじゃあ、家族のみんなに叱られちゃうわね。皆さんとすばらしい時間を過ごせて本当にうれしかった。真っ暗だった世界に小さな光が見えた気がしました。私の心を救ってくれてありがとう」

誰が合図を出すわけでもなく、家族がお母さんの元に集まった。どの顔も同じように涙に濡れていた。私たちは今、家族なんだと思った。

きっとお母さんはこれから前を向いて歩いてくれる。

加奈、あなたもそう願っているよね？

空を見あげて尋ねる。

「あ……」

私の声に、みんなが同じように空を見た。

白い雪が舞い降りてくる。灯籠の光に照らされた雪が、はらはらと降っている。手のひらに載せると、すぐに溶けてしまった。

お母さんもほほ笑んで空に手をあげていた。

「初雪じゃね？」

拓也の声に、歓声があがった。

みんなすごくうれしそうに見える。たくさんの人たちがこの舞台の成功のために努力してくれていたんだ。

そのときだった。見知った顔が一瞬視界に入った気がした。

「あっ！」

私は声をあげていた。

視線に気づいた人がさっと体の向きを変えるのが見えた。同時にダッシュをかける。

「待って！」

コートの裾をつかもうとして、勢い余って体ごとぶつかってしまう。

「痛い！」

悲鳴とともにその人はあっけなく地面に倒れこんだ。

「な、なによ」

息も絶え絶えに言う女性は、頻繁に姿を見せていた新聞記者の女性だ。その顔は、どこか写真で見た加奈に似ていた。加奈に似ているということは……。

「あなた、夏見沙也加さんでしょう？」

「……」

「お母さんが気になって見に来たんだよね？」

息を整え尋ねる私に、彼女はあきらめたように「はあ」と息を吐いた。

「帰ってきたわけじゃない。ただ、怪しげな人が家にいるから見てただけ。お母さんが騙されているんじゃないかって心配してただけだから」

本当の沙也加は、まさしく不愛想でお姉ちゃん役が演じていたイメージとぴったりと重なった。

初めからおかしかった。夏見家を調べまわるんじゃなく、私たちを怪しんでいたんだ。ひょっとしたら初詣のときも、私を探していたんじゃなく家族に見つからないようにしていたのかも。

そう考えると、あの変装にも納得できる。

「お姉ちゃん」

隣に立つ沙也加の腕をつかんだ。

「きっといろんなことがあったと思う。お姉ちゃんも苦しんだと思う」

また視界が潤み、沙也加の顔も雪もぼやけていく。

赤門にもたれた沙也加が息を吐く。

「やめてよ。演技ごっこはもう終わりでしょ」

「演技じゃない。加奈が言ってるんだよ。お姉ちゃん、わからないの?」

「……」

顔を背ける彼女の腕をギュッとつかんだ。

「家族は一緒じゃなきゃダメ。たとえ、距離が離れていたとしても、心は一緒じゃなきゃダメなの」

「痛いって」

「お願いします。うちに帰って来てください」

頭を下げると、しんとした空気のなか、近くの寺の鐘の音が聞こえた。

余韻を残して消えていく鐘の音。

まだ降り続く雪が地表に落ちる音さえ聞こえてきそうなほどの静寂が続いた。

「……わかった。戻るよ」

そう言ってくれた沙也加が、ふん、と鼻を鳴らした。

「加奈が頼むから仕方なくだからね」

「ありがとう、お姉ちゃん」

「いいよ。これは貸しだからね」

そう言うと、お姉ちゃんはゆっくりと輪に向かって歩いて行く。人垣が別れ、輝く灯籠のなかにお母さんが立っている。

「沙也加……。戻ってきてくれたの？」

「しょうがないじゃん」

「ああ、沙也加。ごめんなさい。本当にごめんなさい」

抱き締めることもできず、その場に崩れ落ちたお母さんが何度も謝る。沙也加はしばらく黙っていたけれど、やがて静かに手を差し出した。

「謝るのは私のほう。あの日、加奈とケンカさえしていなければあんなことにならなかったかもしれない、ってずっと自分を責めていた。私はそれに耐えきれなくて逃げ出しちゃったの」

沙也加の手を握り起きあがると、お母さんは静かに息を吐いた。

「沙也加、私がんばるからね」

その言葉は、これまで聞いたどんな言葉よりも重く深く胸に響いた気がした。

「がんばるなら一緒にがんばろうよ。お母さん頼りないんだもん」

肩をすくめる沙也加に、お母さんが少し笑みを浮かべた。そうしてから、こらえきれないように嗚咽を漏らした。

残された二人は自分を責め、苦しんでいたんだ。それから二人は、離れていた時間を埋めるようにいつまでも抱き締め合っていた。

たくさんの想いを癒すように、雪が降り続いている。

それはまるで、これからの夏見家を応援しているような祝福の白い雪。

加奈が私に「ありがとう」と言っているように感じた。

私もあなたになれて幸せだったよ。

ありがとう、ありがとう。

# エピローグ

市民ホールの楽屋は例年以上に混みあっていた。

それこそ、人をかきわけないと進めないほどだった。

「あ、結菜(ゆうな)！」

お母さんが私を見つけて強引に近くにやってきた。お父さんの姿も見える。

「すごかったじゃない。本当にすばらしい舞台だったわ。お母さん感激しちゃった」

出演者以上に派手なドレス姿で興奮(こうふん)しているお母さんが、

「ねえ？」

とうながすと、これまた派手なスーツを着こんだお父さんがうなずいた。

「本当にすばらしかったぞ。お父さん三回泣いちゃった」

「四回よ。カーテンコールのときなんて号泣(ごうきゅう)してたじゃないの」

クスクス笑ったお母さんが、

「でも、よく役をもらえたわよねぇ」

私の額の汗をハンカチで拭ってくれた。

「日向さんのご厚意ってやつ。まあ、原作にはないラウル子爵の妹役だったけどね」

レンタル劇団員の契約を終え戻ってきた日に、日向さんから春公演に出演できると言われた。それから今日までは大変だった。

冬休み中の遅れを取り戻すために毎日稽古場に通って練習を続けた。

「でもお母さん思ったの。やっぱり結菜の演技が一番光ってるって。ねえ？」

またしてもお父さんをうながすお母さん。

「当たり前だろ。俺たちの娘なんだから」

「そうよね」

にっこりと笑うお母さんに私はあきれてしまう。

「すっかり仲良しに戻ったんだね」

「あら、元々ケンカなんてしてなかったわよ」

澄ました顔のお母さんに、「そうだそうだ」とうなずくお父さん。

前よりもふたりがそっくりになった気がするこのごろだ。

「まあ正直に言うとね……」

お母さんは肩で息をついた。

「お正月に電話くれたじゃない？　あれからいろいろ考えたのよ。それに、あなたの演じた加奈ちゃんの話を聞いたら、もうお母さん泣けちゃってねえ……」

またた。この話になるとお母さんはすぐにグスグス涙ぐんでしまう。

「あー、もういいから。片づけがあるから行かないと。お父さん、あとは頼んだよ」

「まかせておけ」

歩きだそうとする足を意識して止めた。そして私は「あの、さ」と言う。

「私、ふたりの子供に生まれて幸せだよ。ありがとね」

ぽかんとするふたりに手を振り、日向さんの控室へ向かった。終わったら顔を出すようにと言われていたのだ。

ノックして入ると、日向さんは大げさな拍手で迎えてくれた。

「大成功だよ、おめでとう、ありがとう！」

高々と掲げるビール缶をさっと取りあげた。

「劇団解散の危機にこんな贅沢しないこと」

ソファセットに腰をおろすと、しょぼくれた日向さんも向かいに腰をおろした。

「改めてお礼言うね。春公演に出してくれてありがとう」

「ああ」

ブンブンと右手を横に振る日向さん。

「いい役だったろ？　冬休みはがんばってくれたからな、せめてもの礼だ」

「ありがたく受け取らせていただきました」

「まあ結菜にとってもいい経験になったろ？」

エラそうにふんぞり返る日向さんに、首をかしげた。

「どうかな。なんだか騙している罪悪感がすごかった。ひどいことをしたような気もする」

「騙してはいないさ。家族の再会が果たせたんだ。頼子さん、本当に喜んでたぞ。町の人や加奈の友達も打ち合わせではえらく乗り気だったしな」

「打ち合わせ？　てことは、最初から全部知ってたの？　ひどいよ」

「言ったら演技に制限が出るだろ？　結菜は感情に流されがちだからな。次の依頼ではそこを気をつければいいさ」

「もうこんな依頼お断りだからね」

せめてもの反撃をするけれど、日向さんは余裕の顔を崩さない。

「お母さんからは『いつでもＯＫ』の返事もらってるぞ。ちなみにもう、次の依頼も来てるから」

どれだけ人をこき使うのか。でもまあ、そのおかげで春公演では納得する演技ができたのもたしかか……。

「でもさ、拓也が依頼人だなんて思ってもいなかった。それだからうまくできたのもあるけどさ」

時折届けてくれた手紙のおかげで、役を見失わずに済んだようなものだったし。日向さんは「そっか」と言った。

「ただ、最初は拓也からの依頼だったけど、実際に稼働へ移行できたのはスポンサーの力が大きいんだよな」

「あ、そのこと聞きたかったんだ。スポンサーって会社がついてくれてるってこと？」

「会社じゃない、個人だ。それも結構な額を支払ってくれてるんだぞ」

「誰から？」

「それは言えないけどな」

ふふん、とビールに伸ばす手をぴしゃりと叩いた。

「ちゃんと言ってよ。もう内緒話はなしにして。じゃないと、次の依頼はお断りします」

肩をすくめた日向さんが、「ユキ」と口にした。

「……ユキ？」

「ほら、前にうちの舞台のことをブログに載せてくれただろ？」

「え、それってまさか、柊ユキさんのこと？」

「その柊ユキだ。記事を見て笑ったもんなあ。あいつらしい文章が懐かしくてさ、あのころを思い出したもんだ。あいつは入団したときにもさ――」

「日向さん」と話を途中で止める。

「話の続きを聞かせて。なんで、柊ユキさんがお金を出すの？」

うーん、と日向さんはしばらく迷うように肩をコキコキ鳴らしていたけれど、メドゥーサのようににらんでやると渋々口を開いた。

「数年ぶりに連絡があってな。女優を引退するって言うんだよ。あれこれ話しているうちにレンタル劇団員の話になって、おもしろいんじゃないかということになったんだ。だったら、この企画に金出してくれ、って頼んだら条件つきで呑んでくれたんだ」

動揺する胸を右手で押さえて「条件？」と言葉に出した。

「そうだ」

ニヤリと笑う日向さんが人差し指を立てた。

「スポンサーになる代わりに自分も出演させろ、って言うんだぜ。こっちとしては願ったりかなったりだろ？」

「……待って。ちょっと整理ができない」

「結菜たちがこっちに戻ってすぐだったかな。向こうから『すばらしい舞台だった』って連絡があったんだよ」

さっとビール缶を奪い返す日向さんをぽかんと見た。

すっと体の温度が下がったあと、また上昇するような感覚に襲われている。

「ちょっと待って。ひょっとして……」

「ご名答」

なにも答えていないのに日向さんは人差し指を立ててニヤリと笑った。

「おばあさん役の美船は、柊ユキが演じてくれたんだよ。老け顔のメーキャップまで勉強して挑んだらしい。まあ遠州弁は苦労したみたいだけどなあ」

「嘘……」

「えらくお前のこと褒めてたぞ。それに、今後はうちの劇団のプロデュースもしてくれる。おかげで早速、夏からの公演も決定したんだぜ。やったな！」

ビールを飲み干す日向さんを、私は唖然と見ていることしかできなかった。

裏口から外に出ると、すっかり日は暮れていた。

季節が戻ったかのような寒さに、あの日見た雪を思い出す。リュックを背負って歩きだすと、春公演が終わったことをようやく実感できた。

まだ白い息も、もうすぐ消えるのだろう。

「結菜」

声に振り向くと、拓也が駆けて来た。彼も帰るところなのだろう。

あれからは練習の日々で、私と同じように臨時の役をもらった拓也とは、なかなか話す機会がなかった。

「なんか、いろいろ終わったな」

「だね」

言葉にしなくても、あの日々のことが含まれているとわかった。

「不思議なんだよね。まだ、今も心のなかに加奈がいるみたいなの」

「俺も。翔（しょう）という友達がまだそばにいる気がしてる」

並んで歩く帰り道。

「結菜の演技力すごかったぞ」

「そう？　私は全然ダメだったと自己評価してる。役になりきることばかりに頭が行ってたし。でも、拓也がくれたアドバイスのおかげで、最後は納得できる演技ができたと思う。ありがとね」

「それを言うなら俺のほうだ。冬まつりの直前、励ましてくれてありがとうな」

拓也への恋心は、これからもますます募っていくのだろうな、と思った。

いつか、想いを伝えられる日がくるなら、それは本当に自分の演技が納得できたときだと思う。

それまでは、私は私なりにがんばっていこう。

「こないだまで冬休みだと思ってたのに、もう春休みも終わりなんてな」

拓也が空を見あげて言った。

「本当だね。一日なんてあっという間。でも、頼子さんは三年もの間、ずっと苦しんでいたんだよね……」

彼女だけじゃない。加奈や翔、お父さん、おばあちゃんの死により、たくさんの人が苦しんでいたんだ。

私たちがやったことを否定する人もいるかもしれない。けれど、最後にみんなの笑顔が見られて本当によかった。

今度は私ががんばる番だ。

「私ね、今度の舞台は主役のオーディションを受けることにしたんだ」

そう言った私に、拓也は瞬きをしてから、目じりをやさしく下げた。

「そっか」

「うん」

もう逃げたりしない。どんな役にでも私なりの命を吹きこんで演じてみせる。

「ところで、明日、何時にする？」

拓也が私の顔をひょいと覗(のぞ)きこんだ。

私たちは明日、夏見(なつみ)家へ遊びに行く約束をしている。もちろん泊まりで、お父さんやお姉ちゃんもくるそうだ。

これからは結菜として会いに行く。

そのことを伝えると頼子さんはとてもよろこんでくれた。電話口の沙也加(さやか)はあいかわらずぶっきらぼうだったけれど、彼女らしいと思えた。

そのときは加奈の友達にも会える。

私のもうひとつの家族と友達。

早く、彼らに会いたかった。

著者紹介

**いぬじゅん**

小説家。2014年、『いつか、眠りにつく日』で、第8回日本ケータイ小説大賞を受賞し、書籍化（スターツ出版文庫）。15年、『北上症候群』で、「OtoBonソングノベルズ大賞〜音楽を感じる小説〜DREAMS COME TRUE編」にて入選、電子書籍化された（エムオン・エンタテインメント）。19年、『この冬、いなくなる君へ』（ポプラ文庫ピュアフル）で、第8回静岡書店大賞〜映像化したい文庫部門受賞。近著に、『あの夏の日、私は君になりたかった。』『無人駅で君を待っている』（以上、スターツ出版）、『君がオーロラを見る夜に』（角川文庫）、『あの冬、なくした恋を探して』（ポプラ文庫ピュアフル）など、著書多数。

目次・章扉デザイン――太田規介（BALCOLONY.）

本書は、書き下ろし作品です。

この物語はフィクションです。

ＰＨＰ文芸文庫　君と見つけたあの日のif

2021年1月21日　第1版第1刷
2023年7月6日　第1版第4刷

著　者　いぬじゅん
発行者　永田貴之
発行所　株式会社ＰＨＰ研究所
東京本部　〒135-8137 江東区豊洲5-6-52
文化事業部　☎03-3520-9620(編集)
普及部　☎03-3520-9630(販売)
京都本部　〒601-8411 京都市南区西九条北ノ内町11
PHP INTERFACE　https://www.php.co.jp/
組　版　有限会社エヴリ・シンク
印刷所
製本所　大日本印刷株式会社


ISBN978-4-569-90101-5